U0115329

文学研究丛书

文学语言论集

陈家骏　著

目次

前言

我们可以这么说，没有语言便没有文学；更进一步说，没有好的语言，也就没有好的文学。而读者对文学作品的欣赏，也正从语言开始。由此看来，语言是文学寄宿的家园，语言是文学研究的入口；也因此，这才出现文学语言学这样的一种新学科及新的研究方法。

本书收集的若干篇文章，便是从文学语言学的角度出发，经过数年对文本的不断披阅，梳理其中的语言特点，才得以完成的。刚开始从事这方面的研究，由于相关的研究材料不多，倍感吃力。经过多方努力，文章陆陆续续写成；字字句句，蘸满了心力。通过立志力学，不断琢磨，希望可以更上一阶。虽是一孔之见，恳切希望，本书能对这一新领域，拓展研究的思维空间，让大家了解文学创造的特点及规律，也能更好地鉴赏和享受文学艺术的美。

茅盾的修辞观及其语言风格特点论析

一

中国现代文学史，严格而言，始于一九一九年“五四运动”的前几年。[1] 其后，人才辈出，屈指数来便有郁达夫（1896-1945）、沈从文（1902-1988）、钱钟书（1910-1998）等名家。他们几乎都成了文学巨擘；文学成果丰硕，不在话下。若论在现代中国文学中的地位与影响，除了鲁迅（1881-1936），以文名之盛、文学成就之显赫，无疑当推茅盾（1896-1981）。[2] 茅盾不但是杰出的作家，更有自成体系的文

1 关于“五四运动”的评价，历来学者的看法，多有分歧：有者认为，这是场政治运动，有者认为，这是文化改革运动。不过，“白话文”的诞生与推展，“白话文学”的产生与普及，“五四运动”有其积极的一面。有关问题，可参王瑶《“五四”揭开了中国文学史的新页》，见王瑶《润华集》（石家庄市：中国社会科学出版社，1992年），页36。另可详参Chow Tse-tsung, *The May Fourth Movement—Intellectual Revolution in Modern China* (Stanford: Stanford University Press, 1975), pp 1-15.

2 若论成名之早，著作之丰，并有自成一套的文学理论，且又是新文化运动的先驱人物，又是语体文创始时的重要作家，能与茅盾相提并论者，为数寥寥。后来虽有集创作及文学理论于一身的许多杰出作家，但那时新文学运动已大致取得成功，语体文也逐渐走入成熟的阶段。其实，在茅盾开始创作长篇著作时，已是当时享誉盛名的作家，其受欢迎之程度，便是在今日，也非寻常。如钟桂松在《二十世纪茅盾研究史》中，就提及一篇发表于1929年3月3日的《文学周报》上的文章，记载茅盾作品风行之盛况。现转引于此：“到学校去上课，有一个坐在我前排的同学，天天是抱了四本《小说月报》来上课的。这四本《小说月报》内就登载得有《追求》。这

学理论，备受瞩目，堪称一代文学巨匠。其文学观及其文学语言，自然受到学者的瞩目。本文就茅盾的修辞观及其语言风格特点，作一梳理及探究。

二

茅盾十分重视语言的表达。重视语言的表达比讲求语言在表达时达意与否的要求更高，强调的是语言表达的修辞特点。[3] 简言之，文学创作离不开语言，而"新文学"之所以能取得全面的成功，"语体文"的贡献功不可没。反过来说，"语体文"的成功推行，"新文学"也是居功至伟。茅盾对新文学语言的杰出贡献，也正是他对现代汉语的一大贡献。

"五四"时的白话，虽然胡适努力为它找出"历史依据"，可是和古代白话，或是明清白话小说中的语言相比较，毕竟有段距离，应该说是自成一格的新语言。高玉便清楚指出这一点：

位同学上课的时候，右手拿着铅笔注解他的课本，左手呢，仍然是'追求'！他有一天，很郑重地把那四本《小说月报》介绍给我和同座的W女士，他那时的语气颇带一些惊讶，好象没有看过《追求》。便等于不知道国民党有一个孙总理。"这段小插曲固然可作为茶余饭后闲聊的话题，但茅盾作品在当时受欢迎之程度，其热烈之景观，由此可见一斑。参钟桂松《二十世纪茅盾研究史》(杭州市：浙江人民出版社，2001年3月)，页5。

3 从茅盾致田间信的一段摘录，可清楚看到茅盾如何重视语言表达。信中茅盾说道：您的《一杆红旗》读过了。勉强来说一点初步的感想，就是：一、您这首长诗一气呵成，有气魄。二、诗句有浑厚雄壮之感，但也有太粗糙的，不是诗的句子，例如'毛主席叫上哪里，他们死也上哪里'；这两句的意思是可以改写成更像是诗的句子的。三、有些地方的想象力不丰富，比喻得不好，例如'战士的心并未死，变成了高山大水'，以及'河里水山上月亮'等四句，都不够有力而生动……(茅盾：《茅盾书信集》，天津市：百花文艺出版社，1987年)，页269。从文字的应用，到文气的运用，茅盾都一一细致地加以分析和指导。

> 概括地说，中国古代白话主要是工具层面上的语言，它没有自己的思想体系，构不成独立的语言系统，他实际上依附于古代汉语，是古代汉语的补充和附庸，而“国语”即现代汉语则不仅采用了古代白话和民间口语的形式，而且还吸纳了古代汉语和西方语言的思想……。所以，现代汉语是一种不同于古代汉语，不同于古代白话，也不同于西方语言的新的语言系统。[4]

“白话文”作为新文学的语体范畴，其最终目的是为了取代文言，进而成为我们的书面语言。[5]

“白话文”是一种糅合了西方的词汇资源和语法结构，无论是从语言或是到文字到思想等方面，都起着非凡影响的新语言。[6] 茅盾在《杂谈》一文中一语道破：鉴赏文学作品时，至少要有三点为指导原则。一：文字组织愈精密愈好；（二）描写的方法愈“独创”愈好；（三）人物的个性和背景的空气愈显明愈好。并谓“凡是好的作品，上面的三个条件一定具备。”[7]这里所指的文字，正是白话文。文字的组织愈精密，正表示对语言表达的表现力有更高的要求。

茅盾基本上不是语言学家，他对于白话文和文言文，似未作系统的理论研究。然而，他对白话文的高度评价，一方面固然源自新文学

4 见高玉：《现代汉语与中国现代文学》（北京市：中国社会科学出版社，2003年），页120。

5 陈开晟：《白话文》，见南帆编：《二十世纪中国文学批评99个词》（杭州市：浙江文艺出版社，2003年9月），页96。

6 当时的文人学者为了提倡新思潮，要求改革旧中国。在纷纷嚷嚷的声音中，对白话都有一基本认识，从当时文人学者的撰文，可见一斑。参见傅斯年：《白话文与心理改革》，见赵家璧主编：《中国新文学大系2》（香港：香港文学研究社，1963年），页226-228。另可参傅斯年：《怎么做白话文》，见同上，页243-245。

7 茅盾：《杂谈》，见茅盾《茅盾文艺杂论集》上集，页137。

的使命感，想借文学的力量改变中国的命运；[8] 另一方面也是源于他认为语言的发展，到了自己所处的时代，已经进入另一新的纪元，是新的进化，而且是无法避免的。他在《驳反对白话诗者》这篇短文中即如此阐明：

> 现在有人主张诗应该有声调格律，反对没有声调（?）格律的白话诗，视白话诗若“洪水猛兽”。我以为文学上愈多反对的声浪，便愈见文坛上的热闹，有进步，能发展；故极欢迎反对白话诗的声浪。[9]

茅盾深切认为，白话文是汉语进步的必然成品，不须排斥，反而应该接受。

对于白话文的表现力，茅盾努力使其能“为我所用”。且看茅盾在《新旧文学平议之评议》里的评述：

> 关于新旧文学的话，过去一年中说的不少了。因为社会似乎有极力主张白话和极力主张文言两派，所以便有冲突，“于是有了平议”的折衷派出来。这种派的人，有几位主张新旧平行，有的主张关于美文的用旧——即文言，关于通俗的说理的用新——即白话。我以为新旧平行说固然站不住脚，第二说也有缺憾。为什么呢？因为所谓“美文”并不是定是文言，白话的或不用典的，也可以美。[10]

8 当时人们对白话的提倡，主要是把白话文当成是一种传播新思想的工具。见傅斯年：《白话文与心理改革》，见同注（6），页226-228。

9 茅盾：《驳反对白话诗者》，见同注（7），页74。

10 茅盾：《新旧文学平议之评议》，见同上，页12。

白话文的表现力不能只是空谈，必须有具体表现的机会。虽然茅盾没有明白说出要怎么做，但是，我们从其论点中可获知，要让白话文不断成熟，便必须从三个地方汲取养分：

首先，从西方的语言吸取精华。“五四”作家对西方文学的学习，不遗余力。他们的学习过程，应是始于翻译。翻译的同时，从中学习西方作品的表达，并对西方文学作品加以借鉴。身为中国新文学的奠基人的茅盾，他的创作，便是通过广泛阅读西方文学，加上翻译这道桥梁，直接从外国文学中吸取营养。[11] 茅盾在《《小说月报》改革宣言》明确地宣告：“今日谈革新文学非徒事模仿西洋而已，实将创造中国之新文艺，对世界尽贡献之责任。”[12] 如何做到这一点，他便要求“诵读宜博，而研究则宜专”。[13] 对于翻译，他一向是认真对待的。[14]也因此，他对那个时代一些人认为创作是“处女”，翻译是“媒婆”的论调无法苟同。[15] 他曾多次撰文加以驳斥，肯定“翻译与创作并重”的论调，还提出“翻译文学书的人一定要他就是研究文学

---

11 分析茅盾的作品，不难看到其中不乏文言和欧化杂糅的句式。叶子铭指出，茅盾的“语体文”，一方面受到文言的影响；另一方面，也受到西方文学的影响。叶氏所说甚是。参见叶子铭《茅盾：创造新时代的文学》，见曾小逸主编：《走向世界文学：中国现代作家与外国文学》（长沙市：湖南教育出版社，1985年7月），页119-141。

12 茅盾：《《小说月报》改革宣言》，见同注（7），页20。

13 茅盾对青年的忠告是：广泛学习，也要研究。在广泛学习之后，择取最大精深的，最有价值的名著加以研究。参见茅盾：《创作的准备》，见贾亭、纪恩选编：《茅盾散文》第四集（北京市：中国广播电视出版社，1995年4月），页408。

14 见王秉钦：《20世纪中国翻译思想史》（天津市：南开大学出版社，2004年3月），页223-224。

15 王秉钦指出，茅盾和当时著名的文人一样，如鲁迅、郭沫若等，便是从译介外国文学开始。译介外国文学更是茅盾一生持续最长的文学活动。参王秉钦：《20世纪中国翻译思想史》（天津市：南开大学出版社，2004年3月），页214。这项工作为茅盾的“语体文”创作，提供极为丰富的资源和养分。

的人；翻译文学书的人一定要他就是了解新思想的人；翻译文学书的人一定要他就是有些创作天才的人。”[16] 他的看法，迄今依然值得注意。

翻译不是一件易事，“单字”、“句调”都要有所讲求，所以翻译时务必小心谨慎，方能译出西方文学的精神及其写作技巧。[17] 易言之，要用白话文翻译好西方作品，就不能不在白话文下功夫钻研。[18] 有学者指出：“在翻译的过程中，汉语的句法结构词法受到印欧语的词法构词法的影响”。[19]白话文受西方表达影响至深，由此可见一斑。

由此可见，白话文的发展，是一种自我调适，努力求变的过程。茅盾身为文学创作者，自然能更深刻体会文学创作的不易，进而要求于语言上有所发挥、有所发展，这些都在有意无意间巩固了白话文的表现力。

阅读茅盾作品，常让人觉得他的句子造得比较长，其中更不乏欧化表达。其实欧化问题，在茅盾那个时代，是避无可避的，也已属常见现象。茅盾直指五四时候的白话，是欧化的白话。[20]何谓欧化，他

16 茅盾：《译文学术方法的讨论》，见同注（7），页46。

17 见王秉钦：《20世纪中国翻译思想史》，页41-47。

18 西方学者对于语句十分重视，认为精密的语句可以表现的效果十分显著。如Joseph M Williams 就打了个比方，谓不晓得用语的人，犹如弹奏钢琴的人，只懂用“Middle Octave”（第八音程）。言下之意，即指文字变化不大，表达便不够细密细致。根据他的话，即：“Every competent writer has to know how to write a concise sentence and how to prune a long one to readable length. But a competent writer must also know how to manage a long sentence gracefully, how to make it as clear and as vigorous as a series of short ones.” Joseph. M. Williams, *Style: Toward Clarity and Grace* (Chicago: The University of Chicago Press, 1990), p.135.

19 参见周光庆、刘玮：《汉语与中国新文化启蒙》（台北市：东大图书公司，1996年2月），页52-53。

20 茅盾：《文化大众化问题》，见同注（7），页696。

指出：就是句子的构造严密，又比较长的。[21]

纵观当时作家的“白话文”作品，不难发现有些作家的行文因过于欧化，读来怪异；如鲁迅的行文就出现不少这类表达。茅盾在对比之下，文句讲求平稳，其实是更为“规范”。这是因为茅盾对文句的“中国化”一向十分重视。茅盾一直是言论和实际行动相结合的作家，且看他如何评价过于欧化的中文。他说：“‘五四’以来的白话文所以未能‘大众化’，除了‘句法’之‘太文’或‘太欧化’而外，尚有一个大原因，即未能尽量采用大众口头上的字眼，即‘大众词汇’。”[22] 在评介作家谷斯范的作品——《新水浒》，茅盾特地指出谷氏的句法及表达的特点，有以下这些：

> 首先，在通俗化这点上，作者是做到了。用语、句法、结构，都是中国式的，没有欧化的气味。[23]

茅盾的自觉，使他在文句表达上力求精密的同时，还重视是否合乎“中国化”。如他在《文艺大众化问题》一文里毫不讳言地直认自己小说有欧化的成分，但会努力减少，句子的表达，也力求简单。[24]他在另一篇文章《质的提高与通俗》中也提出，文字的使用宜精确，句子的安排宜妥帖，笔墨宜简劲。[25]

其次，茅盾还从地方方言汲取营养。茅盾不止一次强调乡土文学的重要性。叶志良指出：

---

21 见同上。

22 茅盾：《通俗化、大众化与中国化》，见同上，页828。

23 茅盾：《关于《新水浒》——一部利用旧形式的长篇小说》，见同上，页840。

24 参茅盾：《文艺大众化问题》，见同上。

25 茅盾：《质的提高和通俗》，见同上，页730。

> 中国现代文学发展史上，茅盾算不上是一位纯粹的乡土文学作家。然而，茅盾作为新文学运动的倡导者之一，对五四以来的“乡土文学”却很是关注。[26]

茅盾对新文学的另一贡献，便是引进许多方言俚语；其中有许多是他家乡的方言，有些则是他游走四方，为了衬托当地人文景观，而特地使用的当地方言。有时，茅盾还刻意利用当地方言，目的是塑造当地的人物形象。

采集人民口头语言的好处，是为了让人们读后，倍感亲切而熟悉。不过，有些方言俗语有音无字，茅盾因此建议使用方言时，应懂得斟酌与取舍。为此，茅盾如此叮嘱：

> 然则努力发展土语文学如何？ 这一点，谁都赞成，可是谁都觉得有许多困难，非一时可以克服。最大的困难是没有记录土语的符号——正确而又简便的符号。……如果一个字一个字的写法拼法都得意识地想一想，那就糟了！这绝对不能完成一篇创作。[27]

茅盾作品展现成熟魅力的时候，正是他的农村三部曲、《林家铺子》、《水藻行》出现的时候。[28] 这些作品最大特色是在语言上体现地方色彩。其中富有生命力、表现力的方言，也都成为今日汉语的词汇，并进一步丰富现代汉语的词汇。

---

26 叶志良：《茅盾的乡土文学观》，见《黑龙江社会科学》1999年第4期，页61-64。

27 茅盾：《问题中的大众文艺》，见同注（6），页341。

28 参见王卫平、王立新：《艺术衍变与价值取向——茅盾短篇小说新论》，见《锦州师范学院学报》（哲学社会科学版）1996年第1期，页57。

第三，从文言补充养分。茅盾对文言的选择，虽然多处持反面看法，但从本质上看，茅盾还是十分肯定文言的作用。他说："不论是文言，是白话，要她美丽时，有一个条件是极重要的。这个条件就是：排去因袭而自有创造"。[29] 对于有表现力的文言词汇，他都会斟酌采纳。在一名斯洛伐克学生的访问录里，茅盾便坦承自己在早期作品中用了很多文言词语。[30] 为何如此，刘半农的解释，恰好可以说明："于白话一方面，除竭力发达其固有之优点外，更当使其吸收文言所具之优点，至文言所具之优点尽为白话所具……"。这话在今天看来，还是有一定的价值。[31]

概言之，茅盾认为文字最终应该肃清欧化，减少使用一些抽象的，不常见于口语的名词，文言文里的动词和形容词等，或是读得出，却看不懂的词语。他认为要能做到这点，文学方能感动"大众"；而这样的文学，才能叫做"大众文学"。[32]

三

茅盾对白话文的种种经典性论述，不仅影响他的创作，也对现代汉语的形成和建设，起了重要的指引和指导的双重作用。就此而论，茅盾无论是对新文学的建设或推介，白话文的使用或建议，都有极大的贡献。以下乃根据茅盾作品中的语言风格，作一归纳；与此同时，也求进一步印证其修辞观。且看：

---

29 参见茅盾：《杂感——美不美》，见同注（7），页161-163。

30 参见〔斯洛伐克〕马里安·高利克，万树玉译《茅盾与我》，见《茅盾研究》编辑部编：《茅盾研究》第七辑（北京市：文化艺术出版社，1999年6月），页280。

31 刘半农：《我之文学改良观》，见同注（6），页95。

32 参见茅盾：《问题中的大众文艺》，见同注（7），页342。

（一）表达力求精细、讲求规范

或许有人努力寻找佐证，证明茅盾写的作品，其实是中文写出来的外国作品。实际上，这话只说对一半。毋庸否认，从有别于文言文的语体文这方面来看，在茅盾作品中的句式，确实有许多借鉴西方句式的地方。像西方学者Edward Gunn就不断提及，“五四”时期有许多表达方式是新创的，其中他举茅盾的表达为例，如“好像一切的一切，都联合起来跟我作对。”。“一切的一切”有别以往，在文言的表达中是不曾见过的。[33]“一切的一切”，其实正是求表达更为精细的一种表述方式。又如倒装句、被字句的应用，繁复的主语与谓语等等；甚至是修辞手法，如比喻的频频使用，其实也都可说是借鉴自西方的表现技巧。这些用语方式，当中固然不免有让人觉得有较“欧化”的味道，可是，无论是在行文上，或是人物的描摹上，茅盾确实是做到“精致”二字。至于情感的点染、画面色彩的运用等方面，大体有别于文言小说。这显然又是用语体文写作的一大进步。

茅盾作品中一些貌似怪兀的表达，在我们今天现代汉语比较成熟的年代看来，不免感到奇异生疏。其实，从当时仍属现代汉语过渡的时代来看这问题，这不足为奇。因为规范问题本是相对的，我们之所以觉得怪兀，是因为我们从今天已经成熟的现代汉语这一角度，重新审视茅盾的作品语言，才会有这样的看法和感觉。[34]话虽如此，茅盾在文字表达上，一如他自己所说，除了力求精密，还在力求文字表达接近人们的口语上，努力要求合乎中文的表达。进言之，茅盾不一味

---

33 Edward Gunn, *Rewriting Chinese –Style and Innovation in Twentieth-Century Chinese Prose* (Stanford: Stanford University Press, 1991), pp.71-74.

34 郑远汉说，所谓“语言变异，只是对语言系统而言，不能没有它自身的规范要求，因而不能笼统地说这样的言语都是反规范的。”见郑远汉：《修辞风格研究》（北京市：商务印书馆，2004年10月），页347。

在表达上求怪异，也不为了与众不同而刻意出现不符合中文用语习惯的句式。其作品中曾经出现像是仿自英语结构助词叠用的表达现象，可茅盾只用上一两回，最终还是因这用法与中文的用语习惯不符，而舍弃不用。这里就此现象稍作说明。英语名词副词化，一般是要通过"形化"才能实现，如"History"（名词）可变成"Historical"（形容词）或 "Historically"（副词）。茅盾在《中国新文学大系小说一集导言》中便有如下的表达：

例一　冷静地谛视人生。客观的地，写实的地，描写着灰色的卑琐人生的，是叶绍钧。[35]

此外，在茅盾散文《故乡杂记》也出现过这样的表达：

例二　这一声叫卖虽然是职业的地响亮而且震耳，……

（《茅盾文集》卷9，页136）

研究这现象的学者杨亦鸣认为，这可能是出于日文的表达。因为不谙英语而精通日语的鲁迅先生，便曾多次使用这类的结构助词叠用，显然不似一般人所理解，是英语的表达法。[36] 事实上，不论源自何处，这样的表达既不符合中文的表达，更让人觉得叠床架屋。属于意合法的汉语，本就不必为了强调词性而如此刻意为之。若是今天，例一可换做"客观并写实地描写着灰色的卑琐的人生的，是叶绍钧。"，或不用倒装句，而直接写成："叶绍钧是客观并写实地描写

35 见赵家壁主编：《中国新文学大系》卷3，页886。

36 有关论述，可参杨亦鸣：《关于鲁迅作品中结构助词叠用的问题》，见杨亦鸣：《语言的神经机制与语言理论研究》（上海市：学林出版社，2003年1月），页212-216。

着灰色的卑琐的人生。”，同样可以接受。例二也可写成“这一声叫卖虽然是职业性的响亮，而且震耳。”因为茅盾倾向于讲求用语的规范，作品中属于“变异”的用例，相对而言，便显得较少。以下举数例为证：

例三　五天以后，他们果然回来了；但不是空船，船里还有一筐茧子没有卖出。原来那三十多九水路远的茧厂挑剔得非常苛刻：洋种茧一担只值三十五元，土种茧一担二十元，薄茧不要。老通宝他们的茧子虽然是上好的货色，却也被茧厂里挑剩了那么一筐，不肯收买。

（《春蚕》，《茅盾文集》卷7，页304）

例四　她带哭带嚷的快跑，头发纷散；待到她跑过那倒闭了的林家铺面时，她已经完全疯了！

（《林家铺子》，《茅盾文集》卷7，页242）

上述表达，因为符合汉语的语法习惯，读来只觉语言利落，语义清楚而明白，十分口语化。然而，过于“规范”，有时缺乏“奇”的美学效果，这是耐人寻味的。正如刘勰《文心雕龙·神思》所揭示的：“意翻空而易奇，言徵实而难巧也。”

茅盾也喜用长句。长句需要较为复杂的句子结构，这也可能出现“欧化”。句子越长，表述的内容就越清楚。茅盾常用的长句，还有另一特点，即力求句式的平稳，表现出强有力的逻辑性。此外，多次采用反复句式，或是带有比喻等修辞手法，都能增强抒情效果，使意蕴更丰厚。以下试摘录一些例证：

例五　在“市场”进出口中间那挂着经纪人牌号和“本所通告”的那堵板壁前的一排木长椅占了三个座位。

（《子夜》，《茅盾文集》卷3，页326）

例六　他的希望，他的未尽磨灭的羞耻心，还有他的患得患失的根性，都在这一刹那间爆发，……

（《子夜》，《茅盾文集》卷3，页330）

例七　电车驶过时，这钢架下横空架挂的电车线时时爆发出几朵碧绿的火花。从桥上向东望，可以看见浦东的洋栈像巨大的怪兽，蹲在暝色中，闪着千百只小眼睛似的灯火。向西望，叫人猛一惊的，是高高地装在一所洋房顶上而且异常庞大的霓虹电管广告，射出火一样的赤光和青磷似的绿焰：Light, Heat, Power!

（《子夜》，《茅盾文集》卷3，页3）

上述例子的特点是句式冗长，有别于文言的精简。如例五的定语就十分繁复，目的是为了说明那“一排木长椅”的位置及其特点。例六则在中心语之前加上许多描述，让人看到文字表达细致的同时，也让人感受到茅盾笔下人物在做反复的思量时，复杂的心境。例七添加了比喻，除了增长句子的长度，也增加了描述的成分。这些长句，若予以细析，还可探讨其中或是拟人，或是排比，或是以颜色词制造的效果，不一而足，表现出色彩纷呈的语言世界。从上述所举的例子也可清楚见到，要描摹出人物百转千结的细密心理，句式就不得不繁复而细密。这句式，环环相扣，层次分明，次序井然，表述精致，描绘细腻，扣人心弦。

除了仿自英语的表述方式，茅盾句式之所以力求细腻，其实也可能与其个性和成长背景有关。吴国群认为，茅盾家乡乌镇山明水秀，商市小镇的人们，处事讲求细致用心，从而造就了茅盾柔和，甚至细致的个性。[37] 此种血缘特性，深切影响茅盾的用语特色。再者，有学者认为，茅盾待人处世，热情却不过分，深情却有理智，这恐怕也是影响他文字风格不可或缺的一个重要因素。法国作家苏珊娜·贝尔纳访问茅盾时，茅盾便给她留下深刻的印象。她说，茅盾回答时总是风趣幽默；而回答的过程，总是沉吟思索一番后才做答复。于是，苏珊娜认为，茅盾“头脑清醒，态度严谨”。[38] 曾有幸成为茅盾学生的东方曦便如此评价他的老师：“茅盾是一个理智胜于情感的人，所以他能理智地分析现象，把握事实。他应付一切生活的遭遇几乎是不大动感情的，但这并不是说他没有感情，他也具备一个文学家所必需具备的热烈丰富的情怀，不过他不是外烁而是内蕴罢了，……”[39]刘麟分析茅盾所写的“政论诗”，便特别指出：“语言明白如话，不加雕琢，以求准确表达诗中所包含的政治信念和观点。……词中如把几个逗号去掉，就与一段政论文无异。[40] 从这一段文字，可知茅盾写作，一如其人，讲究思路的清晰，态度谨慎，力求下笔所及，传神写实。所以说，茅盾的人与文其实是合一的。所谓“风格就是人”，绝非虚语。

---

37 参见吴国群：《鲁迅与茅盾传统文化渊源与文化性格之异同》，见《绍兴文理学院学报》1996年第2期，页1-7。

38 参见苏珊娜·贝尔纳：《走访茅盾》，见钟桂松编：《永远的茅盾》，页95-99。

39 东方曦：《怀茅盾》，见同上，页36。

40 刘麟：《茅盾政论诗》，见桐乡市茅盾研究会、桐乡市茅盾纪念馆：《乌镇之子——纪念茅盾逝世二十周年》（桐乡市：桐乡市茅盾研究会，2001年），页48。

（二）表达力求口语化、通俗化

文字风格的体现不一定限于“变异”。[41] 从语言风格的角度来看，“平实”其实也是一种个人风格的体现。整体而言，茅盾文字以平实取胜，强调口语化。有鉴于此，他孜孜努力，力求表达能变得更接近人们口里的语言表达，将口语表达转为一种属于书面语的语体文。

茅盾之所以要求文字表达口语化和通俗化，其实与茅盾作品所表现出的人文精神特点有极大的渊源。[42] 在《现在文学家的责任是什么？》一文中，从茅盾对古今作家不同之处所做的简短评析，便可看出茅盾的创作理念。他说：“旧文学家的著作，是一个人‘寄慨写意’的，是出于作者一时的‘感想’的，新文学家刚巧相反；旧文学家是主观的，是为己的，是限于一阶级的，新文学家刚巧相反；旧文学家的著作，也许是为名的，是追附古人的，新文学家刚巧相反；还有旧文学是有了文学上的研究就可以动笔的，新文学家却非研究过伦理学、心理学（社会心理学）、社会学的不办。”[43] 由此可见，茅盾对新文学抱持坚定的使命感，认为文学反映人生，所以新文学作家必须对伦理、社会学有更深切的体会。这当然还涉及表现力的问题；表现力指的是写作语言。在《新旧文学平议之评议》中，茅盾确切指出：“我认为新文学就是进化的文学，进化的文学有三件要素：一是普遍的性质；二是表现人生、指导人生的能力；三是为平民的非为一般特殊阶级的人的。唯其是要有普遍性，所以我们要注重思想，不重

---

41 骆小所指出，艺术语言讲变异是从狭义上来谈。从广义上讲，如何使语言富有艺术感染力所包括的范围是十分广大的，诸如象征、比喻等修辞手段，或是色彩词的运用、声响效果的营造等等，尤为重要。详参骆小所：《艺术语言与艺术语言学》，见《楚雄师专学报》2000年第4期，页3-9。

42 参同注（38），页24。

43 茅盾：《现在文学家的责任是什么？》，见同注（7），页3-5。

格式；唯其是为平民的，所以要有人道主义的精神，光明活泼的气象。”[44] 茅盾不断提示的，其实也就是“文”、“质”的问题。传统中国文学一向重视“质”，对于“文”，不是不重视，但程度与前者相比，却较为不同。茅盾显然清楚认识到，“质”、“文”必须互补，缺少了“文”，纵然“质”有多好，也难以教人读下去。反之，只有“文”，没有“质”，结果还是枉然。至于要采用怎么样的“文”，茅盾认为应该是“平民性的”，意即通俗性的语言。茅盾在谈论作品通俗化问题时，曾撰写了一篇题为《通俗化、大众化、中国化》的议论文章。单从题目的设定——“通俗化、大众化、中国化”的排列次序，便可清楚看出茅盾为何讲究语言和写作的通俗化，而为什么通俗化后，进一步就是大众化，进而是中国化。[45] 由此可见，中国化是茅盾所追求的终极理想目标。这可进一步解释，如之前所言，为何茅盾在表达上多处学习西方，而举凡不符合中国用语习惯的表达或用法，茅盾宁可舍弃不用。

要如何做到语言“中国化”，据茅盾的看法，便应多使用属于自己的民族语词。茅盾在作品中时而使用许多地方的方言，甚至不避俗字俗语。不过，他又担心地方性色彩过于浓郁，造成阅读干扰。因此，茅盾多是选择一些易懂的、带有普遍性特点的的方言词。在不得不用的情况下，他为所使用的方言词做注。如茅盾名篇《春蚕》便出现许多养蚕的浙江方言，是刻画当地风情和民情不可不用的，但因这些方言地方性过强，于是加了不少注解。他也将较艰涩的方言俗语，改成我们所能看得懂的表达方式。如《春蚕》中有这么一句方言：

---

44 茅盾：《新旧文学平议之评议》，见同上，页12-13。

45 刘纳提到五四作品中的通俗小说，主要是从作品的内容加以论析。参见刘纳《从五四走来——刘纳学术随笔自选集》（福州市：福建教育出版社，2000年4月），页132-146。依茅盾的见解而言，作品内容固然重要，但表达与内容都要求“通俗性”、“平民化”。

"棺材横头一脚踢，死人肚里自得知"。据乌镇乡民说，这句话本为"棺材横头一脚踢，死人肚里有数码"。然而，"数码"指的却不是我们今日理解的"数码"，十分不好懂，茅盾于是改成"自得知"。经此一改，语义明晓。茅盾曾直言，加入方言其实也就运用了民众的口头语言。然而，碍于方言在许多时候是有音无形的，直接或生硬地搬用，只会造成阅读的障碍。可能在这方面，中国化这一理想可以达臻，但作品却无法普及化，更谈不上通俗化。[46] 因此，"通俗化"、"大众化"、"中国化"三者之间的关系，既有先后，而且紧密相连。

从时代背景来看，茅盾之所以力求文字的通俗化，不免有些"功利作用"；他企盼借助文学的力量改变中国当时坎坷的命运。[47] 茅盾穷其一生追求的写作目标，正是文学的"真"与"实"，要求达到写什么像什么。[48] 在文字上他自然求真、求具体，不讲求花俏。这么一来，较为理想、较为大家公认的一种语体，无疑是茅盾毕生所努力追求的。

我们不妨从茅盾在文句表达上，一窥他的用语特点，即是上述所谓的，建立在民众口语上发展出来的语言。俞正贻的《朴实、生动、简练——茅盾短篇小说语言特色初探》一文，顾名思义，着重探讨茅盾作品用语的通俗化问题。俞氏说："茅盾的作品，尤其是他的短篇小说和随记，几乎完全是口语化的语言"。[49] 从以下所摘录的几个例

46 茅盾：《通俗化、大众化与中国化》，见同注（7）下集，页826-831。

47 参见Yue Dai Yun, *Intellectuals in Chinese Fiction* (Berkeley: University of California Institute of EastAsian Studies, 1998), p.57.

48 李继凯：《全人视境中的观照——鲁迅与茅盾比较论》（北京市：中国社会科学出版社，2003年1月），页245。

49 俞正贻：《朴实、生动、简练——茅盾短篇小说语言特色初探》，见中国修辞学会华东分会编《修辞学研究》第1辑（上海市：华东师范大学出版社，1983年），页306-314。

证可见一斑：

例一　打回来的八九十斤茧子，四大娘只好自家做丝了。她到六宝家借了丝车，又忙了五六天。家里米有吃完了。叫阿四拿那丝上镇里去卖，没有人要；上当铺当铺也不收。说了多少好话，总算把清明前当在那里的一石米换了出来。

（《春蚕》，《茅盾文集》卷7，页304）

例二　可是第一次离床的第一步，他就觉得有点不对了；两条腿就同踏在棉花堆里似的，软软地不得劲，而且他无论如何也不能把腰板挺直。

（《秋收》，《茅盾文集》卷7，页306）

例三　进门来那一天，老太太正在吃孙女婿送来的南湖菱，姨太太悄悄地走进房来，又悄悄地磕下头去，把老太太吓了一跳。这是不吉利的兆头。老太太心里很不舒服。

（《小巫》，《茅盾文集》卷7，页186）

上引数例，全依口语来写，句式简洁，而且表现力强。[50] 此外，在人物的对话中，茅盾口语化的特点，更为彰显。兹举数例为证：

50 为何注重作品人物的对话，盖因人物口语，其实也是一个艺术再造的过程。与此同时，也可看出作者对语言运用的态度。有关问题，可参李润新：《文学语言概论》（北京市：北京语言学院出版社，1994年10月），页111-113。

例四　“不要来问我！阿爹做主呢！——小宝的阿爹死不肯，只看了一张洋种！老糊涂的听得带一个洋字就好像见了七世冤家！洋钱，也是洋，他倒又要了！”

（《春蚕》，《茅盾文集》卷7，页286）

例五　“林老板，你也是明白人，怎么说出这种话来呀！现在上海开了火，说不定明后天火车就不通，我是巴不得今晚上就动身呢！怎么再等一两天？请你今天把帐款缴清，明天一早我好走。我也是吃人家的饭，请你照顾照顾罢！”

（《林家铺子》，《茅盾文集》卷7，页214）

这些口语化的对话，使得说话人的形貌，甚至个性，如立纸上，栩栩如生。茅盾在人物的塑造上，确实用尽苦心。不少学者认为茅盾笔下人物具典型性。对于“典型性”这问题的讨论，有褒有贬；贬者认为这样的创作方法可能使人物流于一般化。褒者论点恰恰相反，认为这是一种人物原型的塑造，而且茅盾还艺术加工，以“揉合型”建构出立体的人物形象。如果说茅盾笔下人物徒具时代或某一阶层的典型性，那么，这些人物就只能是单纯的思想或是观念的载体；用茅盾的话，也就只是个“傀儡”。

“典型性”，换句话说，还应具有现代意义。而这现代意义，则是从历史的总结总括出来的。[51] 茅盾笔下的人物，栩栩如生，至今叫人难忘的，如老通宝、吴荪甫等，在中国文学人物画廊中，皆稳占一

---

51 参见王秀琳：《情感化，人物典型性的必由之路——谈茅盾小说的情感世界》，见《北京二外国语学院学报》1996年第3期，页160-161。

席之地。[52] 这些人物，个个形象鲜明，一一数来，都能跃然纸上。总的来说，人物具有典型意义，必须仰仗鲜活生动、真实与形象性兼备的语言表述，方能成功。

（三）表达文白夹杂，不避古语词

德范克（John DeFrancis）指出，“五四”白话文的最大问题，除了来自守旧派的反对，还有另一根本问题，即作为“语体文”的“白话”，究竟是怎么样的一种语言。[53] 在《现在文学家的责任是什么》一文中，茅盾阐明他对旧学的看法，也回答了白话文应该是个怎么样的语言的问题。他说：“所以我们现在不反对真心研究旧学的人，因为旧学本身有其价值。”[54] 赞同这一看法者，不止是茅盾。白话文本身其实就建立在文言和民间口语之上。周绍贤曾明确指出：“白话不能脱离文言。”[55] 接着畅论何谓白话诗时，他还对文言和白话的关系，作了一具体的剖析。他说：

> 白话诗与白话文兴起之原因相同，其理路亦相同。……文学既不能限于大众文学之一端，文艺之美不能拘于一方面，于是新文艺作家便不拘守文学革命之主义。因嫌白话太枯淡，且诗意

52 见刘锋杰：《略论《水浒》对茅盾小说创作的影响》，见《忻州师范学院学报》2001年第4期，页4。

53 John DeFrancis（德范克）指出：“The ideas of the reform in the style of writing was taken up by a wide segment of the literate population but was opposed by others who looked down upon the vernacular style as a vulgar form of writing... A greater problem, never resolved, was what exactly should constitute the Baihua style.” John DeFrancis, *The Chinese Language: Fact and Fantasy* (Honolulu: University of Hawaii Press, 1984), p. 240.

54 见同注（7）下集，页5。

55 周绍贤：《文言与白话》（台北市：商务印书馆，1978年），页130。

> 有非白话所能形容这，故名作家如刘大白、徐志摩等之白话诗，乃运用文词以畅达诗情，更求押韵以增加美趣；是以白话诗亦有走入文白相掺、韵语和谐之趋势。[56]

与茅盾同一时代的名作家朱自清坦言："白话文依据着白话，是谁都知道的。既说依据着白话，是不是口头用什么字眼，口头怎样说法就是怎样写法？那可不一定。"[57]何以如此，探究原因，茅盾所处的时代，是文言到白话的过渡阶段，用语方面根本无法完全摆脱文言的束缚。

正因白话文的"新"，所以在许多地方仍有不足的地方。[58] 词汇的贫乏恐怕是其中较为明显的问题。从用语方面探寻茅盾所使用过的词语，不难发现，茅盾喜用若干古语词，不厌其旧。兹举一例加以证明：

> 例一　原来沉酣于雀战的"老板娘"这一伙不知怎么地以为那一阵纷乱是出了盗案。
>
> （《生活之一页》，《茅盾文集》卷10，页226）

56 见同上，页254-255。

57 朱自清：《理想的白话文》，见同上，页250。

58 王德春指出："个人言语风格与个人的思想性格和生活经历密切相关。在一个社会的特定时代中，会形成时代言语风格。例如，'五四'前后，白话文逐步取代文言文，但作为文学语言，并没有摆脱文言文的羁绊。文言虚字、文言句式大量保留，话语往往呈现半文半白状态。"（王德春《论个人言语风格》，见程祥徽、黎运汉主编《语言风格论集》，南京市：南京大学出版社，1994年，页190。）换言之，茅盾之所以用文言句式或文言词语，说是受到时代所囿，并无不可。披阅茅盾作品，发现他散文里使用的文言句式，似较小说来的多。虽是如此，茅盾并也不特意要求过分的"文"。若把茅盾的散文与鲁迅作品相比，自可见出不同。鲁迅的文字表达，有时就不免嫌过"文"而难读。而茅盾的作品虽多少掺杂了一些文言词或文言表达，整体而言，他的作品还是十分好懂。茅盾在小说作品的创作上，为了达到"通俗化"，一般上力求口语。

“沉酣”可见于苏轼《答范纯父书》：“沉酣江山，旬日忘归”，指的是沉醉或是醉心于什么的意思。

还有，在茅盾作品中，还可看到单音节词语的使用。用时，表达也或多或少带有文言的味道，请看：

例二　大约三个月以后，在西安，冼星海突然来访我。……

（《忆冼星海》，《茅盾散文》第4集，页64）

例三　一个黑矮子，人家呼为秘书的，说话最多。

（《幻灭》，《茅盾文集》卷1，页71）

一言以蔽之，过于仰仗文言，有违语言革命的宗旨。茅盾在这新、旧之间游弋，最终建立了自己的用语风格：语言表达不至于过白，而流于俗；不过于文，而流于古。茅盾就是这样为我们提供语言应用的典范，树立楷模。

（四）从旧文学学习，以增强语言艺术魅力

茅盾的用字、用语，甚至是一些艺术手法，如意象的显现，或是色彩的点染，大都借鉴自古典文学。如《子夜》一书中，以人物脸色强调人物的个性，实与中国脸谱的色彩代表忠奸，有异曲同工之妙。甚至于文章的布局谋篇，亦能古为今用。可以这么说，茅盾用语，绝不是一种空泛的、无源头的表达方式。因为有所继承，去芜存菁，才能有进一步开拓和发展。在“五四”时代反传统的激进思潮中，茅盾能保持如此清醒的认识，是十分可贵的。今日我们审视其作品，发现一些学者强调并努力找出证据证明茅盾语言如何受到西方的影响，也

许有失偏颇。[59]

在行文上，茅盾喜欢运用对句和排比，这也许已成为茅盾的用语习惯及特色。其所以称之为对句，是因为这不是严式对偶，但两个句子整齐对称的特点却十分明显。对句有时还以并列的关联句式出现。至于排比，也不是严式的排比，三个短句之间的字数不一定整齐划一，但排比的特点依然还是可以看出来。此外，茅盾善于使用并列句式。上述种种，令茅盾的表达，充满浓郁的中国风的品味。以下摘录一些例子为证：

例一　旧日的裙屐少年大多数不见了，一半是离开了本地，一半是已有所属，躲在新房里了。

（《一个女性》，《茅盾全集》卷8，页79）

例二　他在烟中看见了五年来的“过去”。他在烟中看见了新婚不久后的他夫人和自己。

（《有志者》，《茅盾文集》卷8，页168）

对句在古代作品中常可见及。使用对偶，一来，文句的整齐，可以增强视觉效果；二来，文句的整齐，让人琅琅上口；三来，语言显得更精练有力，不拖沓。即使是在人物之对话中，茅盾也喜用这样的

59 刘锋杰坦言：“总之，在考察茅盾的小说创作时，人们曾经十分用力地证明了他对西方文学的借鉴，正是在这一点上，他把我们领进了中国小说现代化之境界，但绝不能由此而断定他的小说与中国古代小说没有内在关系，也不能说，中国古代小说在二十世纪中国小说现代化的进程中，就失去了它的影响。”（刘锋杰：《《红楼梦》对茅盾小说创作的影响》，见《安徽教育学院学报》1996年第2期，页47。）刘氏的这番话，印证了茅盾作品语言的承先启后。其实，没有“先”，哪来的“后”。

用语方式。例如：

例三　……严厉地对她说道："每一次希望，结果只是失望；每一个美丽的憧憬，本身就是丑恶……"

（《幻灭》，《茅盾文集》卷1，页35）

这样的手法，固然有上述所提及的几种特点，但其实还赋予说话者一种带有书卷味的说话格调。人物的感性形象油然而生。

再请看以下的排比句式：

例一　她在泪光中看见站在面前的这位妹子分明就是她自己未嫁前的影子：一样的面貌身材，一样的天真活泼而带些空想，并且一样的正站在"矛盾生活"的陷坑的边上。

（《子夜》，《茅盾文集》卷3，页181）

例二　然后她又看见张彦英的面相从窗外飞来，从天花板上飞来，从桌上，从她的药碗里飞来，都联成一长串，……

（《一个女性》，《茅盾全集》卷8，页81）

排比句式往往能使行文生动化，产生节奏感。[60] 从上举各例可清楚见出。茅盾用字用句，力求整饬。无论是对偶或并列句，或是排比，句子的结构相当一致，所形成的整齐句法，充分表现出他下笔时的一丝不苟。此外，从茅盾行文的其他方面，还可清楚看到他从古典

60 中文句子的排列形式美，也可以是一种音乐美。如赖先刚所言："节奏既是传递情感的'脉搏'，也是语言音乐美的'灵魂'。"赖先刚：《语言研究论稿》（上海市：学林出版社，2005年1月），页179。

文学中吸取养分，借以增强其作品的文学表现力。如在行文中加插了拟声词、颜色词及重言词等。这类词语在古典白话文学名著《红楼梦》中，乃常见的手法。茅盾用来，固然有所变异，但从应用的技巧上看，却是取其修辞效果，别具表达特点。例如：

例三　雷雨的一夜过去了后，就是软软的晓风，几片彩霞，和一轮血红的刚升起来的太阳。

（《子夜》，《茅盾文集》卷3，页395）

例四　旭日的金光，射散了笼罩在江面的轻烟样的晓雾；两岸的山峰，现在也露出本来的青绿色。东风奏着柔媚的调子。黄浊的江水在山峡的紧束中澌澌地奔流而下，时时出现一个一个的漩涡。

隐约地有呜呜的声音，像是巨兽的怒吼，从上游的山壁后传来。几分钟后，这模糊的音响突然扩展为雄赳赳的长鸣，在两岸的峭壁间折成了轰隆隆的回声。一条浅绿色的轮船很威严地重开了残存的雾气，轻快地驶下来，立刻江面上饱涨着重浊的轮机的闹音。

（《虹》，《茅盾文集》卷2，页3）

上举二例，画面色彩与声响效果，一应俱全，除了带出中国水墨画的韵味，也表现出风景的极致，结合了古代文学与诗词手法，匠心独运。这种诉诸读者感官的写作手法，极为细腻有致。

探讨作家的风格，从其所受的影响，可看出风格特点的部分渊源。从其所使用的词汇、句法、修辞等特点来看，更可归纳出作家本身有别于他人的特点。[61] 李继凯总结他对茅盾语言的看法："精细、清晰、周密、滴水不漏，一丝不苟"。[62] 所论言简意赅，深具启发性，值得深思。

四

茅盾对白话文的最大贡献——平实、接近口语。有人或许认为他的文字稍嫌花俏，指的应该是他在描写上的苦心经营。在行文或是细节的描绘上，茅盾的确力求细腻有致，决不含糊，但这种"细腻"恐怕不是"花俏"，也不是"卖弄"，更不是"琐碎"。李标晶便指出：茅盾"反对那种堆砌浮词，造作古怪句法的语言。因为这样的语言会使作品拖沓、芜杂、生硬，使人不能卒读。"[63] 李氏所言极是。

在白话文由发轫至发展的过程中，茅盾曾帮助过不少后进作家修改文章。[64]努力提携后进，那其实也是一种踏踏实实改进白话文的方式。帮助别人写好白话文，恰恰是对白话文作了推展。

---

61 黎运汉直言不讳，认为一部作品，从调音、遣词、择句到设格、谋篇等的风格手段，综合地反映在一篇文章（或一个话篇），或一部作品，或一种语体，或一个作家的作品，或一个地域的作家的作品，或一个时代的作家的作品等，便是他们各自的表现风格。参黎运汉：《1949年以来语言风格定义研究述评》，见《语言文字应用》2002年2月，第1期，页105。

62 见李润新：《文学语言概论》（北京市：北京语言学院出版社，1994年10月），页239。

63 李标晶：《中国现代作家文体论》（哈尔滨市：黑龙江人民出版社，2005年），页40。

64 胡子婴："茅盾同志进城来看我，把我的稿子和修改意见交给了我。没有想到他的意见竟是好几十张纸的一本小书。"其实，像这样的例子还有很多，仅以这个例子为例，说明茅盾为人，热与帮助后进。胡子婴：《回忆茅盾同志二三事——铭记他的诲人不倦的精神》，见同注（38），页130。

我们发现，研究茅盾作品的学者，无论是从茅盾作品的结构深入探讨，或是从作品内容详加讨论，最后不免回归到语言的层面，分析其用语特色。如张云龙在分析茅盾作品中的布局谋篇后所作的总结时就说：

> 综上所述，茅盾小说创作的基本特点是图解，从作品的总体格局，结构到人物安排都有明显的概念化倾向，当然茅盾自有他超人之处，从作品中，他那宏大的气魄，他那高屋建瓴的叙述风度，他对女性微妙心态的把握，他对人物的一箭双雕的描写，他对象征细节的巧妙运用，乃至他的长河大浪般的句式，他的遣词造句等，多有其他作家难以比拟之处，……[65]

可惜的是，对于茅盾语言的特点，如何遣词用字，如何在句段上苦心经营，或平实或细腻，或稳健或花俏，或高妙或钝拙，似未多予剖析，以致评述大致止于文学的范畴。

认识个人言语风格，其实必须深入到有关作家的作品中。只有到语言运用的各个层面、各个部分去分析，从词语的用法、句式的选择等加以探讨，才不至于游离、含混。这也就是为什么程祥徽等在《语言风格》中坦言："大量的语言材料在孤立的状态并没有固定的风格色彩，只是在运用中才表现出某种特色。"[66] 以上我们条分缕析地研究茅盾作品的语言风格及其特色，除了发现其中许多值得我们借鉴之处，也让人看到文、白过渡期的许多表达上的微妙关系。

---

65 张云龙：《论茅盾小说创作模式》，见《文史哲》1994年第4期，页38。

66 程祥徽、邓骏捷、张剑桦：《语言风格》（香港：三联书店，2002年3月），页76。

茅盾作品中的“欧化”表达

一

欧化对现代汉语的影响很大。我们甚至可以这么说，欧化对于现代汉语而言，几乎是避无可避。谢耀基在《现代汉语欧化语法概论》一书中，即言简意赅地指出：

> 自五四新文学运动以来，从文言到当时的旧白话，再从当时的旧白话规范到现在的新白话，短短数十年之间，文法的变迁，比之从汉至清，有过之而无不及；而汉语语法结构规律的变化和发展，就受了欧西语言很大的影响。[1]

茅盾本身便认为，欧化其实也是汉语进步的一种表现。他曾明确指出，“语体文”是种通俗的语言，更是借鉴西方文学表达的一种十分精细的文字表达。[2]套用茅盾所用的感性的话，即白话文其实也是一

---

1 谢耀基《现代汉语欧化语法概论》（香港：光明图书公司，1990年），页1。

2 参见茅盾《杂感——美不美》，见茅盾《茅盾文艺杂论集》上集（上海市：上海文艺出版社，1981年6月），页162。五四作家为何有意利用及提倡欧化表达，除了当时文言与人们的口语距离越来越大；另一原因乃是为了改变中国古典小说在写作手法上倾向于概括性的问题。反观现代白话小说，因受西方写作概念的影响，在写作手法上，无论是对生活，或对人物，或对心理的描写，更注重其是否能精细地描写出来；也因此，五四作家在白话叙事能力上，要求不断强化；在写作上，表达更是力求缜密。参张卫中《汉语与汉语文学》（北京市：文化艺术出版社，2006年9

种美丽的文字表达。[3]“语体文”即“白话文”，也是上述引言中，谢耀基所说的“新白话”。

茅盾认为，中国人要发表思想，甚至是宣泄情感，便要学习白话；而作为书面语的文言文是过时的语言，以口语为基础的白话，才是进步的语言。[4]因此，他认为白话文用来做论文、写小说等，决不逊色于文言。[5]茅盾的这一看法一如当时中国其他知名的新文化学者的看法；如胡适在当时便认为欧化是使中国文字在表达上，变得精密的一种方法和手段。[6] 这里所谓的精密，从陈望道的一段分析，即能让我们洞悉这问题的本质：

> 这种语文合一的文体正在日益扩展他的应用范围，正在日益充实它的成分，经常从民间，从古代，从外国，吸收好的有用的成分来丰富自己的。而人民大众也经常从这种文体中吸收有用的成分来使自己的语言更精炼，更普通，逐渐形成为广大人民传情达意的共同语，成为一种新型的普通话。[7]

由此可见，当时文人对于欧化的看法，除了认为欧化表达令书写

月），页26-45。欧化的句式，无论是主语的增加，或是复杂的定语，或是关联词的多用等，在在说明五四作家用心之所在。关于欧化句式的种种，可参谢耀基《现代汉语欧化语法概论》一书。

3 参见茅盾《杂感——美不美》，见茅盾《茅盾文艺杂论集》，页162。

4 参见茅盾《杂感一》，见同上，页140-143。

5 参见茅盾《进一步退两步》，见同上，页170-171。

6 当时的中国对这一问题多持同一看法。如韩立群指出胡适即在当时就提出看法，认为欧化不但对中文没有坏处，反而令中文表达更细密深邃。有关内容，可参见韩立群《中国语文革命：现代语文观及其实践》（北京市：中央编译出版社，2003年1月），页22-23。

7 陈望道《修辞学发凡》（上海市：上海教育出版社，2001年7月），页38-39。

语言更接近当时人们的口语，可以更为普及化之外，还希望能在新文学的创作及表达上，或对生活，或对人物形象、或对人物情感甚至其个性，都能做到更为精细、细致的描摹。[8]

二

今日重新披阅现代作家或学者用“语体文”写的文章，不难发现其中有许多洋腔洋调的表达。[9]在白话文创始初期，许多作家的文字都有比较明显的欧化现象，而这也早已是不争之实。[10]若从当时仍属现

8 参张卫中《汉语与汉语文学》，页26-45。

9 且看以下所举的例子：

例1 到处流露出一些国庆的味道。

例2 他们拿过脸盆、毛巾、牙刷来装配成一组。

例3 他在镇压自己的悲哀。

例4 然而省外的革命运动逐次镇定了，重庆的独立也遭了失败……

王绍新从茅盾作品中摘取上引诸述例，加以说明：“初看起来，这些句子类乎留学生的病句，遣词命意与通常的语言习惯及词书解释相左。”有关问题，可详参王绍新《课余丛稿》（北京市：北京语言文化大学出版社，2000年4月），页332。这其实也是当时许多作家在用语上的问题。

10 “语体文”的欧化问题，在茅盾时代确实引起过争论。Edward Gunn 在论著中清楚揭示这一点。他还引录瞿秋白批评茅盾作品中欧化现象的一段话：“Qu's commentary on this construction reads: I ask you, is this more beautiful? Not necessarily. If literature is to be an artistic product for the masses of common people to listen to, then this sort of Europeanization when recited aloud is just extremely ugly Chinese without a trace of beauty in it.”（见Edward Gunn, *Rewriting Chinese: Style and Innovation in Twentieth-Century Chinese Prose* Stanford: Stanford University Press, 1991, p.9 .）瞿秋白之所以有这样的批评，固然有其政治因素，却在在说明当时还是有些人对汉语中的欧化现象不尽赞同。其实，就是在今日对欧化也不一定完全赞同。如今人谢耀基在其著作中即表示，欧化可以分“善”、“恶”两种。参同注（1），页104-113。由此可见，批评欧化不好，主要从语用的角度分析，若从修辞的角度探讨，不难发现，欧化确实能营造陌生化，有其修辞特点。关于这方面问题，可详参王希杰《修辞学导论》（杭州市：浙江教育出版社，2000年12月），页290-296。

代汉语过渡的时代来看这问题，茅盾作品中出现一些貌似怪兀的欧化表达，在我们今天现代汉语比较成熟的年代看来，自然感到奇异生疏，不足为奇。

虽然茅盾正面肯定欧化，不过还是认为过多的欧化，并无法有效推行白话文，也因此力言要努力改善文句，尽量去除表达里过多的欧化毛病。[11] 因为不同的人对欧化的接受程度不同，受欧化的影响自有不同；根据这一点来看，欧化其实也应看作是作家个人的风格甄引。

茅盾在文字表达上，一如他自己所说， 除了求精密，还力求文字表达更为接近人们的口语；更重要的是，还要合乎中文的表达。进言之，茅盾不一味在表达上求怪异，也不为了与众不同而刻意出现不符合中文用语习惯的句式。如茅盾作品中曾经出现像是仿自英语结构助词叠用的表达现象，可是茅盾终究只用上一两回，最后还是因这用法与中文的用语习惯不符，舍弃不用。这里就此现象稍作说明。英语名词副词化，一般是要通过“形化”才能实现，如“History”（名词）可变成“Historical”（形容词）或“Historically”（副词）。茅盾在《中国新文学大系小说一集导言》中便有如下的表达：

例一　冷静地谛视人生。客观的地，写实的地，描写着灰色的卑琐人生的，是叶绍钧。[12]

此外，在茅盾散文《故乡杂记》也出现过这样的表达：

例二　这一声叫卖虽然是职业的地响亮而且震耳，……

（《文集》卷9，页136）

---

11 茅盾《文艺大众化问题》，见同注（3）下集，页696。

12 见赵家壁主编《中国新文学大系》卷3（香港：香港文学研究社，1963年），页886。

研究这现象的学者杨亦鸣认为，这可能是出于日文的表达。因为不谙英语而精通日语的鲁迅先生，便曾多次使用这类叠用的结构助词，而这显然不似一般人所理解的，是属于英语的表达法。[13]

总而言之，不论源自何处，这样的表达既不符合中文的表达，也让人觉得叠床架屋，更不见得就能表达得更为清楚、具体。若是今天，例一可换做“客观并写实地描写着灰色的卑琐的人生的，是叶绍钧。”或不用倒装句，而直接写成：“叶绍钧是客观并写实地描写着灰色的卑琐的人生。”亦无不可，同样可以为人们所接受。例二也大可写成“这一声震耳的叫卖是职业性的响亮。”或许更易让人接受。

易言之，茅盾个冷静的作家，固然力求表达能更缜密、细致，却又十分小心谨慎，致力于讲求用语的规范；也因此，茅盾作品中作品中属于“变异”的用例，相对而言，便显得较少。本文仅从以下“很”、“是”和“们”的用法，一窥茅盾用语上的欧化特点。

三

“很”字的特殊用法

在古汉语里，“很”与“狠”同意，用作形容词；并不像今日汉语，拥有充当程度副词的功能。[14]资料显示，《红楼梦》里倒已出现

13 有关论述，可参杨亦鸣《关于鲁迅作品中结构助词叠用的问题》，见杨亦鸣《语言的神经机制与语言理论研究》（上海市：学林出版社，2003年8月），页212-216。

14 翻查杨伯峻和何乐士合著的《古汉语语法及其发展》，并没纪录“很”字充当副词的用例。杨伯峻、何乐士《古汉语语法及其发展》（北京市：语文出版社，1992年3月）。另见许仰民《古汉语语法新编》，也未见提及（参许仰民《古汉语语法新编》郑州市：河南大学出版社，2001年8月）。
从而可见，“很”在古汉语的语法里，还没拥有副词的功能。反倒是在古典白话文学，如《红楼梦》里，可以看到“很”的使用。

“很”字充当程度副词的用法，如：老太太主意很好，何必问我。[15] 经过检查，笔者发现，《红楼梦》里充当副词的“很”字，用法虽符合规范，却并不十分普及。笔者从《红楼梦》的前七回里，统共才发现只有三处地方使用“很”。[16]可见当时对“很”的用法，范围不免稍嫌狭窄。

到了“五四”时候，“很”字充当程度副词的使用频率逐步提高。鲁迅在作品中也用“很”字，虽不及“颇”来的多，但其中大多用法还算符合现代汉语的用法习惯；不过，有时显然是有意突出而造出的怪异例子，也是时可见及的。[17]与鲁迅不同的是，茅盾常用“很”，用时在许多地方与英文的“really”有极为明显的相似之处。若与现代汉语的规范用法相比，茅盾的这种用法，益见其中奇特之处，不能不提。[18] 请看：

---

15 例子转引自参商务印书馆辞书研究中心编《古今汉语词典》(北京市：商务印书馆，2000年12月)，页570。

16 例1：宝玉道：“好祖宗，我就在碧纱橱外的床上很妥当，何必又出来闹的祖宗不得安静。”(《红楼梦》第4回)

例2：人怎么说，他也添几句文话儿说一遍。可倒殷勤的很，三四个人一日轮流着倒有四五遍来看脉。他们大家商量着立个方子……(《红楼梦》第7回)

例3：引用建莲子七粒去心红枣二枚，贾蓉看了，说：“高明的很。还要请教先生，病与性命终久有妨无妨？”(《红楼梦》第7回)

17 参林师万菁先生《论鲁迅修辞：从技巧到规律》(新加坡：万里书局，1986年)，页180-183。

18 吕叔湘《现代汉语八百词》就对“很”字用法条缕清晰地列出，计有三种用法特点：

(1)用在形容词前面，以表示程度的提高，如说很好，很幸福，很仔细等；(2)用在助词或动词短语前面，表示程度高，如说很应该，很敢言，很能战斗等；(3)“用在不……”前，如说很不好，很不坏。话虽如此，但在许多时候，“很”不能修饰形容词生动形式，如不说“很红红的”或“很白花花的”；有些助动词也不能受“很”修饰，如不说“很要写”、“很该做”等；有些动词也不能受“很”修饰，如不说“很讲”、“很伤”等，带宾语的动宾短语却可以受“很”修饰，如

例一　……有一位批评家说我很受屠格涅夫的影响……

（《谈我的研究》，《散文》第3集，页34）

例二　黄阿祥自己是绸机上混饭的，他很知道他手里这种绸再搁一个梅天就会变成“烂东西”，……

（《多角关系》，《文集》卷4，页64）

例三　……女郎的打扮很摩拟上海的“新装”，可是在她们身上，人造丝织品已经驱逐了苏缎杭纺。

（《故乡杂记》，《文集》卷9，页152）

例四　……老荆悄悄溜走，从人丛里挤过去的时候，大概是很吃了几下冷拳。

（《路》，《文集》卷2，页298）

以上例句中的“很”字，即使去掉，依然不损我们对篇章文字的理解。如例一可以这么说，“有一位批评家说我受屠格涅夫的影响”；或是改成“有一位批评家说我受了屠格涅夫的影响很大”，也许较为符合我们今日的用法；话虽如此，这样的句子读来还是让人觉得洋腔洋调。

再如例二的“他很知道他手里这种绸再搁一个梅天就会变成‘烂东西’”。其实句中的“很”也是可以删除；或是以“清楚”二字代“很”，变成“他清楚知道他手里这种绸再搁一个梅天便会变成‘烂

“很讲道理”、“很伤我的心”。参吕叔湘《现代汉语八百词》（北京市：商务印书馆，1991年1月），页233-234。可从正文所举有关茅盾使用的带“很”句子，都有悖上述吕先生所说的用法规律。

东西'”，读来语气也可以变得更具强调的色彩。

茅盾如此广用“很”，意图也是相当清楚，他似乎是想学习英语“very”、“really”的表达句式。也因此，这类“很”字句受欧化的影响，痕迹自然尤为鲜明。如“很”与“受……影响”即可直接译成英文：“really influenced”或“greatly influenced”，以表示程度上的加强。同样的，例二的“很知道”，亦可以翻译成“really know”或“surely know”；例三的“很摹拟”和例四的“很吃了几下冷拳”也都可以分别翻译成“really learnt from”或“really suffered from”。

上述所举例子，虽都与现代汉语有所不同，但不能不提的是，茅盾所用的这类用法，有些配搭却是完全符合现代汉语的规范，读来完全不让人感到陌生：

例一　……总之，很费了一番心血，然而终于没有成功。

（《谈我的研究》，《散文》第3集，页31）

例二　他到现在还记得很明白的是五六年起那在土地庙的香市中看见一只常常会笑的猴子，一口的牙齿多么的白！

（《子夜》，《文集》卷3，页167）

例三　很稀很大的雨点子，打得她家“家”的竹门吵吵地响。

（《子夜》，《文集》卷3，页331）

例四　李麻子看见桂长林并没提出办法来，就赶快抢着说，很得意的地伸开了两只大手掌，吐上一口唾沫，……

（《子夜》，《文集》卷3，页373）

以上所举的例子，便十分符合规范。可看出茅盾在尝试使用“很”的过程中，是“变异”和“规范”用法的交替使用。若从语法的角度上来谈论，更可清楚看到茅盾喜多以“很”来代替“颇”、“蛮”等词语，固然是有“规范”的用意，其实也可以看作是因为个人的偏好，是个人的用语特色。此外，相较之下，他在使用“很”时，也可以是为了突显不同的程度，增强“强调”的语感色彩而特意为之。

此外，另值得一提的是，茅盾也常用“很”加“不”加“形容词”或是“不”加“很”加“形容词”这两种用语方式。如从现代汉语的角度来看这些句子，让人甚感怪兀。依照今天的用语习惯，我们虽然也可用“不”与“很”配搭；不过，更常是以“不”加“很”加“形容词”这样的句式，以表示负面的意思；如说不很高兴”，指“不开心”。这里的“不很”便有“稍微有一点”或“却又不完全是”的意思。若说“很不高兴”，无论是语气或程度，都有所加强。可见，“很不”与“不很”，两者在程度上实是有所差别。从以下的例句，或多或少可看出茅盾的原意是为了表现出两者之间的细微差别，在使用的时候，常任意地将“不”加“很”和“很”加“不”调换，或交替使用。且看：

例一　费小胡子复又坐下，仍旧笑嘻嘻地说，可是那语调中就有对于曾沧海的盘问很不痛苦的味道。

（《子夜》，《文集》卷3，页64）

例二　他那飞快地旋转的思想的轮子，似乎也不很听从他意志的支配。

（《子夜》，《文集》卷3，页364）

例三　……这位“把爷（财主）”很能讲几句汉语，他代作主意，把狗留下，……

（《列那和吉他》，《全文》卷9，页335）

例四　冯云卿寓居上海的身家性命安全很要仰仗着为有力者的照拂。

（《子夜》，《文集》卷3，页218）

例五　眉卿很知道父亲为什么惶恐，故意再加一句……

（《子夜》，《文集》卷3，页217）

例六　李玉亭不很认识这些人……

（《子夜》，《文集》卷3，页281）

例七　她当真有点不耐烦，特别是因为她不很听得懂蔡真她们那许多“公式”和“术语”，……

（《子夜》，《文集》卷3，页393）

例八　然而他们的精神都很不差。

（《春蚕》，《文集》卷7，页285）

例一至例六，便让人觉得怪兀。如例一，“很不痛苦的味道”，不免读来拗口。例二的“不很听从”也是如此。例三的欧化色彩浓郁。例六和例七就较为符合今日的用语习惯。虽是如此，若从增强语气效果的这一特点来看，茅盾的目的显然是达到了。

这里要阐明的一点是，深受外国文学影响的茅盾，似是想打开“很”字在白话古典文学那样狭窄的使用范围，试图借“很”字句的活用，以开拓其用法。今日看来，影响虽不深远，但在研究茅盾的用语配搭的时候，仍值得我们注意。

四

“是”字句

黄维樑曾在《纯正的中文》里斥责今日“是”字句的滥用。他认为中文的“是”字句，可能是从英语的“verb to be”的变用而来。他更力言，“是”字句的频繁使用，是由于“是” 已成了人们口头用语。因此，他十分反对“是”字的过度使用：

> 不少人把“是”当成万能侠。我认为是好的，但必须有限度。万能侠要分辨是非，千万不可助纣为虐，把好好的“这个戏好看”这类句子变成“这个戏是好看”，加一字事少，但污染中文事大。[19]

且不论这“这个戏是好看”与“这个戏好看”之间是否存有不同的修辞特色；这样的表达，确实是欧化至极。谢耀基在《现代汉语欧化语法概论》一书，也已证明“是”字的频繁使用，确实是欧化下产生的用语方式。[20]

---

19 参见黄维樑《清通与多姿——中文语法修辞论集》（香港：香港文化事业有限公司，1981年1月），页18-19。

20 见同注（1），页99-103。

英文为了加强说话语气，会说“It is.”，或“You are!”。[21] 换成中文，这样起着强调作用的句子，自然可由“是”字代劳。[22] 茅盾作品中“是”字句的使用，便常有这一特点。最为明显的是以下所举例中的“是”字，无论在语调或是在语气上，皆具有强化作用：

例一　他们是慢慢地走一会儿，坐一会儿，再走，再坐，再去。

（《在公园里》，《文集》卷9，页35）

例二　他是焦急地盼望着赵伯韬和杜竹斋的电话。

（《子夜》，《文集》卷3，页183）

例三　厂里是静寂下去了，车间里关了电灯。

（《子夜》，《文集》卷3，页380）

例四　据说是正当大军全师而退的时候，有些捣乱份子煽动前线的士兵继续坚守，……

（《汉奸》，《文集》卷9，页116）

若把上述例子中的“是”字抽掉，应可看出其中差异：

例一之一　他们全慢慢地走一会儿，坐一会儿，再走，再坐，再去。

---

21 参同上。

22 关于“是”字句的讨论，有关文章多集中在讨论其历史发展与句法结构，至于“是”字句的修辞特点，有关论述，比较匮乏。详参林师万菁《论“是”字句的几种修辞作用》，见林万菁《语言文字论集》（新加坡：新加坡国立大学中文系汉学研究中心，1996年），页61-83。

例二之一　他焦急地盼望着赵伯韬和杜竹斋的电话。

例三之一　厂里静寂下去了，车间里关了电灯。

例四之一　据说正当大军全师而退的时候，有些捣乱份子煽动前线的士兵继续坚守，……

例一之一、例二之一、例三之一、例四之一去掉“是”之后，变成一般的陈述句，语意清楚，符合语法，特别强调的作用却因而消失。

茅盾的某些“是”字句，与英语的“...that is...”或“...which is...”相当接近。英语句子为了加强某特定的内容而被分成两个部分，如“It is... that is...”这样的句式；句子分开，突出所要强调的部分，因此又称为“强调句”或“分裂句”（cleft sentence）。[23]这样的表达方式，在中文并不常见。在茅盾的作品中，他把许多句子强行拆开，在所要强调的句子前加一“是”字，便和英语的“分裂句”所要突出语义重点的作法，具有异曲同工之妙，值得重视。以下乃列举六例，加以说明：

例一　这几句简短的话，是用了强烈的同情的声浪说出来的……

（《色盲》，《文集》卷7，页68）

例二　眼光是会说话的，青年华突然悟到了瘦男子为什么这么惴惴，忍不住仰脸狂笑起来。

（《喜剧》，《文集》卷7，页162）

23 详参Jack C. Richards 等主编，*Longman Dictionary of Language Teaching & Applied Linguistics* (Hong Kong: Addison Wesley Longman China Limited, 1998), pp.66-67。林万菁认为从英语的分裂句，应可反证“是”字句的“强调”功能。参同上，页68。

例三　肚子里早就咕咕地叫，这是比什么都急迫。

（《喜剧》，《文集》卷7，页164）

例四　虚心的艰苦的学习，是必需的！

（《我们这文坛》，《文集》卷9，页60）

例五　……而且是谁夺了他的爸爸妈妈去，他是永久不能忘记的。

（《大鼻子的故事》，《文集》卷8，页47）

例六　因为那伙“弯舌头”也吃过张剥皮的亏，今番偷树，是报仇。

（《残冬》，《全集》卷8，页370）

上引诸例，其实都可转换成单句。茅盾特意拆开，变成许多分句，无论是在语气，或是在语感上，都起着强调的意味。“是”在这里，自自然然地成了突出此句的标志，有不可或缺的地位。如例一的“是”，强调说话人语气所带出来的感情色彩。例二本来是：青年华从瘦男子会说话的眼睛知道他为什么会惴惴不安，……。可一旦变成“眼睛是会说话的，……”，即突出青年华从眼前人眼中闪烁的眼神看出端倪。例三和例四的“是”，更是强调意味十足。例三突出吃东西，医肚子是当下至为迫切的事。例四指出要成功，虚心艰苦地学习是一定要有的。例五若换成单句，如说“他不会忘记父母是给谁害死的”，可这一来，“是”字的强调作用便不复存在；分化成两个句子， 第二句突出“他不会忘记”，语意上的强调意味，自然彰显。例六的“是报仇”这一句话，其实也可以变成完整的一句，无须剖成小句。我们从这里看到茅盾有意将句子拆开，以突显主题，说明那是为了“报仇”而偷树。

茅盾除了利用“是”作为标志的重要部分，还常用“拈连”手法，将“是”字反复使用，尽显修辞效果：

例一　这是藐视的冷笑，也是得意的冷笑，是胜利者的冷笑，也是失败者的冷笑。

（《一个女性》，《全集》卷8，页66）

此外，茅盾亦喜利用“是”字句作为句子的开头，刻意强调的味道也愈加浓。兹举数例加以分析：

例一　是儿子的声音。

（《赵先生想不通》，《文集》卷8，页5）

例二　是他的“看低”看错了么？

（《赵先生想不通》，《文集》卷8，页8）

例三　是这个问题她很希望什么人来和她谈一下。

（《虹》，《文集》卷2，页153）

例四　……她发现自己嘴唇上有一抹冷隽的微笑。是颇有嘲讽意义的微笑。

（《无题》，《文集》卷8，页223）

上述几个例子都是以“是”为开头句的例子。如译成英语，几乎无须更动句子成分，即可直译。从修辞的角度看，上述例子有一共通特点，就是“是”字句的强调意味十分显著。若去掉“是”，非但句式会改变，连语义也跟着起变化。且看以下经过修改的句子：

例一之一　他听出了儿子的声音。

例二之一　难道他当真看错了吗？（他真的看错了吗？）

例三之一　她希望有人可以与她一起讨论这问题。

更改后的例一之一不得不加上主语，可这么一来，却少了原句所要传达的吃惊、讶异等情感色彩。例二之一也比起原句借反问时所力求呈现的力度和强度，逊色得多。例三之一的改句固然比较符合中文表达，但语气较原句的强调作用也要差一些。

有时，茅盾也写了一些怪异至极的句子。兹录于下，作为补充：

例一　迎接他下车的，是又一阵暴雨。

（《子夜》，《文集》卷3，页210）

例二　而且是一把抓住在美国佬的手里，第二道威斯计划怕是难免罢？

（《子夜》，《文集》卷3，页209）

例三　他下意识地伸手隔衣服摸一摸衬衣口袋里那一叠票子。方方的，硬硬的，是在那里，一点儿不假。

（《报施》，《全集》卷8，页309）

这类句式茅盾用得不多，实不必特别强调。不过，这里要重申的是，茅盾已从根本上认识了“是”的强调功能特点，这些刻意加工的句子虽然流行不起来，可是，“是”字句的强调特点却已受到大家的注意。今日许多小说作品中，为强调而刻意使用带“是”的句子，时可见及。

五

“们”的使用

英文有“Plural”和“Singular”之分，众所皆知。不过，中文并不如此刻意区分。“五四”时候，显然是为了能更精确地表现物体的数量，“们”字便适逢其时，受到大家的欢迎与使用。茅盾在推动白话文的时候，自然也受到影响，他就常常借“们”以刻意强调物体的数量。[24]无独有偶，当时其他作家，也是如此，一再借用“们”以表示数量，结果造出许多让人甚觉怪兀的词语，鲁迅便是极佳的例子。[25]

今天的“们”字的用法，只是指“多数”数量，可是从茅盾作品找到的例子，对于一些不需要加“们”以显示数量的物体，茅盾也如此使用。他的这一用法，在今日是相当少见的，而他的目的也是十分明显，是有意地突显数量而为之。

以下摘录了一些茅盾关于“们”字的较为怪兀的用法，以此为志。

> 例一　行李们的主人依然不理，但是“非主人们”可着急了，有四五个声音同时喊道：……
>
> （《苏嘉路上》，《文集》卷9，页286）

24 参谢耀基《现代汉语欧化语法概论》，页50-55。

25 参同注（17），页176-180。

例二　列车们，连上海来的也在内，都黑黝黝地依次靠着，等候放行。

（《苏嘉路上》，《文集》卷9，页288）

例三　乌桕树们是农民的慈母；……

（《水藻行》，《文集》卷8，页145）

例四　……他也像狗们似的伏在地上，……

（《大鼻子的故事》，《文集》卷8，页43）

例五　和蛆虫们呕气，……

（《一个女性》，《全集》卷8，页77）

对于一般的物体，我们都不说“们”，只有在指人或是生物的复数才有此用法。“行李”的复数常是不说“们”，而是在之前加上数量“许多”或是实数的多少。同样的，“车辆”的复数亦无须用“们”；而用在人身上的“们”，有时也要因地制宜，因为也有人说，“您”是不需用“们”；原因是“您”只是尊称，不必强调人数。[26] 话说来可圈可点，但却清楚地让我们看到，茅盾等作家在表达上求文字的精确，取表达的易懂，都下足心力。而茅盾作品中会出现这样的表达，自是受到时代所囿。

经时代的推移，白话文的使用日益普及，白话文也日益成熟。从今天再来看茅盾在“们”字的使用上，固然有些是微具“变异”特点，但大多皆符合今天用法。不过，话虽如此，这里还要特别指出一

26 参见赵德贤《再说“您们”》，见《咬文嚼字》1999年第7期，页28。

点，即茅盾常借“们”以突出人物数量，用得多了，有时不免让人读后觉得语句啰嗦。例如以下所举例子：

例一　在兵们中间，他们显得十分拘束，而且垂头丧气很苦恼。

（《故乡杂记》，《文集》卷9，页146）

例二　……，活人们是到处跑的。

（《创作的准备》，《散文》第4集，页426）

例三　张女士这才觉到是被误会了，而且更厉害地被游客们误会。

（《昙》，《全集》卷8，页158）

例四　神们全都吓得变了色。

（《神的灭亡》，《文集》卷7，页151）

例五　他现在满店的货物都已经称为“国货”，买主们也都是“国货、国货”地说着，就拿走了。

（《林家铺子》，《文集》卷7，页214）

例六　……由保甲长们传出消息，汉奸们已经在大街小巷都作下了暗号，而这些暗号是有军事作用的。

（《手的故事》，《文集》卷8，页106）

例七　以后是他历试西洋大文豪们各种各样写作习惯的时期。

（《有志者》，《文集》卷8，页176）

例八　老百姓们一时无暇顾及。老百姓们亲眼看见的，是新贴的那些眼药厂广告全数被撕去了。

（《手的故事》，《文集》卷8，页113）

例九　只有过男子们来仰望她的眼色，万料不到今天是反其道。男人们是那么的不配抬举罢？可又不尽然。

（《虹》，《全集》卷2，页193）

上述所举的例句，固然在用法和语义上都没有错，但有好些在今日是不会如此刻意强调的，所以读来让人甚感怪异。

例一的“兵们”读来就让人感觉殊异。一般上，现代汉语并不会这么说，或者说成“兵士们”更能让人接受。前面既说“一般上”，根据茅盾当时处于白话文萌芽阶段，因受古文用字精简的影响，茅盾以“兵”代“兵士”，会出现“兵们”这样的构词，也就不足为奇；而这，也实是一种中西合璧的用法。再来，例二的“活人们”也让人感觉怪异，即使不强调“们”字，语义还是清楚的。这句话里的“活人”指的是“大家”，抑或是在说“现在还活着的人”？茅盾故意说“活人们”，其中双关的特点，显而易见。再来，例三的“游客们”也稍嫌拖沓，因为根据上下文，游客不止一位，应是不在话下。可是因为“们”的使用，便标示出游客之众、之喧闹，语气多少含有“不胜其烦”的味道。例四的“神们”也用得突兀启端。对于多位“神祇”，我们今日说“众神”或“诸神”，并不像茅盾说的“神们”。逻辑上，说“神们”在语义上固然可以接受，但也需要照顾用语习惯。正因为这用法不符合人们的用语习惯，自然显得怪异。茅盾的“神们”一词，在他的作品中并不止见于一处。如散文《苏嘉路上》也可见到这样的表达，请看：

例四之一　……圆浑浑的，像是神们顶上的光圈，……

（《苏嘉路上》，《文集》卷9，页284）

又或许，茅盾也可能是基于无神论调，特意从语义上，将“神”与凡人等同。就“们”的如此频频使用，茅盾希望借英语在数量上准确，来弥补中文向来不求标明事物数量的不足，是有其明确的意义。

例五的“买主们”其实也不必特别标明。换成“许多买主”或“众顾客”也是说得通的，不过前者是现在的表达，后者又稍嫌文言了些，所以茅盾在使用“们”字，迷信其可用来作为标志一切复数人物的概念，则是明显的。这其实也是茅盾受欧化的另一见证。

例六和例七的“们”都是用来表概数。但因为今日并没人这么使用，所以读来让人甚感讶异。如说“汉奸们”、“文豪们”，都是不需“们”而复数的意思却又浅显、易懂；所以这些“们”去之也无妨。[27]

以下从茅盾短篇小说《秋收》摘取“们”字用法的句子，可再次审视茅盾喜欢用“们”来阐明人数之众的意图。从现代汉语的用法来看，这个“们”也不一定非用不可。请看：

例一　村子里“出去”的人们都回来了。

（《秋收》，《全集》卷8，页351）

---

27 参见邢福义《再谈“们”的表数词语并用的现象》，见季羡林主编《20世纪现代汉语语法八大家——邢福义选集》（长春：东北师范大学出版社，2003年），页50-53。

例二 他发觉镇上的老爷们也不像“老爷”，……而且因为他们老爷太乏，……

（《秋收》，《全集》卷8，页358）

例三 可是绅士们和商人们还没议定那“方便之门”应该怎么一个开法，……

（《秋收》，《全集》卷8，页358）

例四 这天上午，老通宝和阿四他们就像守着一个没有希望的病人似的在迂头下埂头上来来回回打磨旋。

（《秋收》，《全集》卷8，页364）

这里之所以选择《秋收》这篇小说，主要是因为这篇小说写成的时间较晚，而白话文在这时候，在茅盾的手里，已是达到一个更高的水平。所以相对比较之下，这篇小说中关于“们”的用法，都符合规范，这也是茅盾力求达到白话普及化和规范化的目的，而他的成功与否，显而易见。

综上所述，茅盾使用“们”固然受到欧化影响，但有时也是为了具体说明事项，这与茅盾写作，一贯喜在细节方面力求具体、准确的作法不相违背。

六

总的来说，因是白话文创建伊始，在使用时，茅盾语言出现不太符合现代汉语的习惯用法，固然无可厚非，其中或多或少披露出作家写作上的风格特色。

从这些先辈作家的表达看今日汉语的发展，让人有更多的体会。正是这些先辈作家的勇于尝试，汉语才会发展为今日的现代汉语。若从写作的角度探析，我们从茅盾作品的欧化表达中，不难看出他是为了让表达能达致细腻的层面；[28]话虽如此，在不断的实验和体验中，茅盾还是努力向规范的表达靠拢，创造一种能为大众所接受的大众语言。[29]无论如何，从茅盾的作品给屡次选为汉语教学的典范文章，不难看出他的努力确实没有白费。相对于茅盾笔下写出的许多名篇，其中虽然出现了些较为欧化，也较为怪异的表达，也只能说是受到时代的局限及影响，应无损其作品的成就。

——本文收录于单周尧主编《东西方研究》（上海市：
上海古籍出版社，2011年12月）

---

28 茅盾曾倡导西方自然主义的方法补救中国小说，他明确指出“自然主义小说”“最大的好处是真实与细致。一个动作，可以有分析地描写出来，细腻严密，没有丝毫不合情理之处。”茅盾：《自然主义与中国现代小说》，见贯亭、纪恩选编：《茅盾散文》第三集（北京市：中国广播电视出版社，1995年4月），页76。由此可见，茅盾学习西方小说的内容结构；与此同时，也学习西方的表达方式，目的是力求笔下表述能更为精确、细致。在行文中出现欧化表达，其实也可能是特意为之，以求达臻效果。详细内容，可参本文。张卫中在研究五四时候的“白话文”，也认识到这一特点，他说：“五四以后汉语要学习的是西方那种繁复、精密传达信息的方法，并非学习西文的句式本身。汉语只要得到那种细腻、曲折的描写功能，并非一定要因袭西文的句式。”张卫中：《汉语与汉语文学》，页108。这一“借用”，对于西方句式的种种特点，如定语的加长等用语特点，自然也无可避免地移植到中文，致使中文变得“欧化”。从另一个角度看，这也是五四作家在尽可能地尝试及实验，汉语的句式，若加入西式的表达，能在文学的表达上，达到何种效果，而读者的接受程度能到什么阶段。这就是为何张卫中会说：“五四时期许多作家队改造语言的可能性寄予了过高的期望，因此句式的欧化成了许多的人的追求，甚至出现了一些完全背离汉语语法、佶屈聱牙的句子。”张卫中《汉语与汉语文学》，页108。话虽如此，笔者审核茅盾的欧化表达，除了上述所言，更多时候，他在创作表达上孜孜矻矻，勿令表达变得过于“怪异”，甚或过于违背用语者习惯，有意识地努力向规范靠拢。

29 相关问题，可详参张卫中《汉语与汉语文学》，页2-14。

茅盾作品中的文化意象与象征

中国古典诗词之所以隽永、耐读，让一代又一代的人为之着迷，主要是因为有好些诗歌有超脱时空限制的特点，即使是今日读来，仍叫人感动莫名。能够如此，是因为这些作品都缺少不了一个重要的元素——意象。刘若愚先生分析李商隐诗歌的用语时，即特别针对李氏诗歌繁复，层次多变的意象，给予分析。他总结性地指出，意象实是诗歌创作的一个基本元素[1]。袁行霈在分析中国古典诗歌时指出：意象，是融入主观情思的客观物象，或是借助客观物象表现出来的主观情意[2]。王国瓔对意象所能予人的情感效果，做了这样的分析：意象不但能反映诗人的感官感受，同时能突出形象的具体性，提供一种即临感（presentation immediacy）[3]。简言之，"即临感"能够制造出"感同身受"的效果，让人感动至深。这也是一种心理上的美学感受[4]。由此可见，在中国传统诗歌中，有关意象的运用，小觑不得。

受到中国千多年诗歌熏陶的五四时代的作家，在文学创作上无不受传统诗歌的影响。茅盾在其作品，无论是散文或是小说，总常在有

1 James J.Y Liu, *The Poetry Of Li Shang-Yin*, Chicago: The University of Chicago Press, 1969, pp 236- 246.

2 袁行霈：《中国古典诗歌的意象》，见袁行霈：《中国诗歌艺术研究》（北京市：北京大学出版社，1987年），页63。

3 参见王师国瓔先生：《中国山水诗研究》（台北市：联经出版社，1986年10月），页303-354。

4 René Wellek & Austine Warren, *Theory of Literature*, London: Penguinbooks,1970, pp186-188.

意或无意间，运用意象此一传统手法。从视觉到感官的感受，都能让读者深刻体会文中人物的所见、所思、所想，让人如临其中。意象，除了增强文字的表达张力，还扩大读者的想象思维及情感上的感染力。

茅盾作品中的意象，多以自然景观来制造效果。出现在文中的自然景观，也多是以其空间或状态作为主要描摹的对象，渲染文章的基调，带出或喜或愁的情绪，起点睛之妙。

纵观茅盾喜用的意象，可发现他喜以雨、雾、雷突出郁闷、忧愁的情感世界。风雨、雷电一向给人凄楚的感觉。从感觉上而言，客观世界的冰凉、寒冷，常会从肌肤渗透到人物内心，感染人心。从视觉上来看，上述这组意象，常让观者感到天地之间，有不辨东南西北的茫乱感。因此，把这类景观作为意象，多少含蕴了人类对命运之无法掌控，反衬并突显出人类生命力的娇弱及无力感。茅盾常使用这组意象，目的也就在于能更立体地显现人物有关方面的心理特点。

一般而言，景物的空间描绘，可以是由远至近，或从近到远，或由下而上，或从上而下。茅盾多选择远景描绘，将远处景观细心地描绘，展现自然界广袤无垠的特点，显示大自然的威力。此外，在文章中不同地方所出现的意象，也常带给读者不同的感受，十分特别。且看以下的分析：

一　出现于文章开头的意象

这类出现在文章开头的风景描绘，以景喻情为其主要特点。因为茅盾创作小说，喜分小节，所以这些景色的描绘，也常是出现在各小节的开头。这些作者所刻意描摹的景物，自然成为点染全文气氛的情绪基调，是读者理解文中人物心理的重要关键。兹举数例加以分析：

例一　连刮了两天的西北风，这小小的农村里就连狗吠也不大听得见。天空，一望无际的铅色，只在极东的地平线上有晕黄的一片，无力然而执拗地，似乎想把那铅色的天盖慢慢地溶开。

（《水藻行》，《文集》卷8，页145）

例一开头就以蘸满灰暗色调的笔，描绘出一幅惨淡的景色。铅色的云，寒冷的风，一一显示文中两个主人公之间的微妙关系，正如这天象一般阴寒，凄冷，阴霾，随时恶化。事实正是如此，两人的关系，其实早已陷入僵局。故事中的财喜和侄儿秀生，虽是叔侄关系，但俩人年龄相仿。秀生体弱多病，财喜却身强力壮。秀生的妻子看上身材魁梧，身强体健的财喜，两人还发生肌肤之亲。《水藻行》这篇小说的基调，便予人一片灰冷的感觉。文中意象，皆环绕着这情感色彩而加以衍变。读后，留给人们的，是那种挥之不去的冰寒及感叹，随之感悟到人与自然搏斗时的无力感，遂心生无奈及对生命及命运无法掌控的感慨。

例二　傍晚时分，天空密布着浓云，闪电象毒蛇吐舌似的时时划破了长空的阴霾。林白霜呆坐在外滩公园靠浦边的一株榆树下。在他眼前，展布着黄浦的浊浪；在他头上，树叶索索地作声象是鬼爬；在他心里，沸腾着一种不知是什么味儿的感想。

（《色盲》，《文集》卷7，页81）

例二的浓云、闪电，则是远距离的气象描绘。索索的树叶声，加上萧瑟的景色，给人心乱如麻的感觉。这也正是主人公林白霜当时杂沓的心理状况。这正是主客世界情感的统一。

例三　算来已经是整整的七天七夜了，这秋季的淋雨还是索索地下着。昨夜起，又添了大风。呼呼地吹得帐幕象要倒坍下来似的震摇。偶尔风势稍杀，呜呜地像远处的悲笳；那时候，那时候，被盖住了的猖獗的雨声便又突然抬头，腾腾然是军鼓催人上战场。

（《大泽乡》，《文集》卷7，页133）

例三通过淫雨绵绵，描绘出一个既湿又冷的世界，折射出人心的惊悸与不安。《大泽乡》写的是秦帝国的崩坏，人民即将造反叛变的那一刻。这篇小说为了反映国之将亡，天下大乱的场面，用了不少寒风、雷声、雷光，闪电来制造效果。阴霾的天象，生动地描绘出山雨欲来，时局变换的大时代。风雨交加的场面，点出全文肃杀、悲凉的基调。

例四　是星期三以后了。从早上起，就没有一点风。天空挤满了灰色的云块，呆滞滞地不动。淡黄色的太阳光偶然露一下脸，就又赶快躲过了。成群的蜻蜓在树梢飞舞，有时竟扑到绿色的铁纱窗上，那就惊动了爬在那里的苍蝇，嗡的一声，都飞起来，没有去路似的在窗前飞绕了一会儿，仍复爬在那铁纱窗上，……

（《子夜》，《文集》卷3，页183）

例四取自《子夜》吴荪甫面临经济危机，心力交瘁之际，忽又获得喜讯，知道自己的工厂有转机而不禁欣喜万分的心理变化。茅盾借风，借浓云两个意象写出人物的惆怅心理；后又借阳光这一光亮、洁净的意象，一扫先前晦暗的阴冷雨天的意象。这巧妙的布局，别出一格。

二　穿插于文中

穿插于文中的意象，茅盾的描绘也是十分细致及讲究。他所强调的，多是局部的画面，突出或是视觉，或是肌肤的感受，目的是为文中人物的心理着色。从以下所举诸例，可见一斑：

例一　……

蓦地一片飚风吹出了悲壮的笳声，闪电就像个大天幕似的往下一落，照得四处通明；跟着就是豁剌剌第一个响雷。粗大的雨点打在树叶上，错落地可以数得清。林白霜并没有动，他只睁大了眼睛向四面扫视。无名的怅惘逃走了，新精神在他的血管里蠢动。

（《色盲》，《文集》卷7，页82）

例一细腻有致地描绘出主人公林白霜双眼所见，双耳所听：闪电、雷声、雨打树叶。突出风雨交加之时，天地变色，带给人视觉上的震撼力；还让人联想到雷雨交加之时，从肌肤渗入的冰寒感，直透人心。整体而言，这组意象虽只是局部的描绘，却充满动感；其中所经营的氛围，让读者读后，能感同身受。

例二　……

天又索索地下起冻雨来了。一条街上冷清清地简直没有人行。自有这条街以来，从没见过这样萧索的腊尾岁尽。朔风吹着那些招牌，叉叉地响。渐渐地冻雨又有变成雪花的模样。沿街店铺里的伙计们靠在柜台上仰起了脸发怔。

（《林家铺子》，《文集》卷7，页218）

例二亦是局部的描绘。一片冷清的风雪场面。纷飞的白雪，空气一片冰冷，自然点出文章凄寒的基调。大风雪显现岁末苍白、寒冷、冷酷的世界。而人类与风雪世界在相比之下，对大自然的无法抗衡，继而对命运的无力，更是彰显。林家悲惨的结局，可想而知。

例三　……

天象有点雾，没有风。那惨厉的汽笛声落在那村庄上，就同跌了一交似的，尽在那里打滚。又象一个笨重的轮子似的，格格地碾过那些沉睡的人们的灵魂。

（《当铺前》，《文集》卷7，页244）

例四视线所及，皆是迷蒙的雾；耳里所听，皆是如泣如诉般，沉重的轮船汽笛声；在夜里听来，汽笛声是如此清澈，却叫人心情倍感沉重。

例四　……

汽车开进厂里了，在丝车间的侧面通过。惨黄的电灯光映射在丝车间的许多窗洞内，丝车转动声音混合成软滑的骚音，充满了潮湿的空间。在往常，这一切都是怎样怎样地就能够从这灯光从这骚音判断那工作是紧张，或是松懈。但此时虽然依旧看见，依旧听得，他的脑膜上却粘着一片雾，他的心头却挂了一块铅。

（《子夜》，《文集》卷3，页192）

例五 ……

迎接他下车的，又是一阵暴雨。天色阴暗到几乎像黄昏。满屋子的电灯全开亮了……吴荪甫匆匆地敷衍了几句，便跑进他的书房。他不愿意人家看破他又苦闷的心事，并且他有一叠信札待复。

（《子夜》，《文集》卷3，页210）

例四和例五皆取自《子夜》。《子夜》这部长篇巨著，为了表现出世情的变化，及人物心理特点，作者所用的意象，也就相对的多了起来。

例四是随着人物视线所及，带出这一组意象：惨黄的灯光、机器的吵音、潮湿的空间，让人感到很不舒服，不悦之情，油然而生。

例五描述吴荪甫因为工厂的事情而忧心忡忡。为了突出吴氏这一心理感受，茅盾首先写出暴雨，突出天时变化的同时，也突出人物的内心的焦躁。整组画面带出个人抑郁、压抑的感觉，却又恰如其分地描绘出吴荪甫为公事忧心的郁闷心理情绪。

三 出现于文末

出现在文末的意象，往往是整体“情绪”的总结；同时，也是再一次强调并突显全文的氛围。且看以下所举例子及其分析：

例一　他的农民根性的忍耐和期待，渐渐地又发生作用，使他平静起来。忍耐着一时罢，期待着，期待着什么大智大勇的豪杰罢，这象“真名天子”一样，终于有一天会出现的罢！这时清脆的画角声已经在寒冽的晨风中呜咽发响。

（《豹子头林冲》，《文集》卷7，页132）

《豹子头林冲》这篇小说重点在叙述林冲投靠梁山后，赫然发觉王纶的无能。对一个胸有大志的人而言，其内心的苦闷，可想而知。文章以画角声作结，其实正取画角声虽清脆，却又带出凄楚的感觉，表露出人物内心的无可奈何。

例二　突然，空中响着嗤，嗤，嗤的声音。一颗流弹打中了少爷。像一块木头似的，少爷跌倒了，把菱姐也拖翻在地。菱姐爬一步，朝少爷看时，又一颗流弹来了，穿进她的胸脯。菱姐脸上的肉一歪，不曾喊出一声，就仰躺在地上不动了，她的嘴角边闪过了似恨又似笑的些微皱纹。

这时候，他们原来的家里冲上一道黑烟，随后就是一亮，火星乱飞。

（《小巫》，《文集》卷7，页195）

《小巫》是茅盾另一名篇。从小人物小巫给买进一个地方乡绅家当姨太太开始，便带出乡下地方，一方霸主的荒淫生活。在这里，尔虞我诈，争权夺利，人们连杀害亲人都视为正常；读后，不禁叫人心惊。文末的火星，虽在夜空绽放光亮，但转眼即逝，既暗喻小巫可怜的短暂人生，也带出对人生的长长慨叹。

例三 ……

雨点更粗更密了，风力似乎劲了些：这许就是闷热后必然有的暴风雨的先遣队罢？

（《五月三十日的下午》，《散文》第1集，页6）

这篇散文的雨点、强风、暴风雨，都予人风雨飘摇的感觉。视觉上，风雨带给人画面的模糊感；感觉上，暴风雨带给人精神上的恐怖感。全文以这组意象作结，所带给人的是山雨欲来风满楼的压迫感，其中也同时暗示时局会因此越变越坏。

上举诸例，我们可清楚看到茅盾所使用意象的表现手法，带有浓厚的抒情色彩，或忧郁，或感伤，或满怀希望，不一而足。另举三例，加以补充。且看：

例一 我不知道红鲤鱼的轨外行动是不是为了不堪沉闷的压迫？在我呢，既然没有杲杲的太阳，便宁愿有疾风大雨，很不耐这愁雾的后身的牛毛雨老是像帘子一样挂在窗前。

（《雾》，《文集》卷9，页6）

例二 当在抬头时，咄！分明的一道彩虹活泼了蔚蓝的晚空。什么时候它出来，外婆不知道；但现在它像一座长桥，弯弯地从东面山顶的白房屋后面，跨到北面的一个较高的青翠的山峰。呵，你虹！古代希腊人说你是渡了麦丘立到冥国内索回春之女神，你是美丽的希望的象征！
但虹一样的希望也太使人伤心。

（《虹》，《文集》卷9，页8）

例三　霍！霍！霍！巨人的刀光在长空飞舞。
轰隆隆，轰隆隆，再急些！再响些吧！
让大雷雨冲洗出个干净清凉的世界！

（《雷雨前》，《文集》卷9，页46）

以上例子，抒情的气息浓厚。也因此，有的学者称这类注入情感、情绪的文字表达为情感型写作[5]。从各学者对茅盾的评论，以及作者对自己创作的一些看法，茅盾在创作时极为重视思想感情的营造，是可以确定的[6]。谓其为情感型写作，是恰如其分的，也是茅盾写作上的一大特色。

纵观茅盾小说中的意象，善用自然景观的变化，点染气氛，令人对文中所写的时局或人物心理，感同身受，引起共鸣。

分析茅盾作品，另一个不能不提的，即其象征手法的应用。为了深化白话文学作品，茅盾在当时就极力提倡象征手法。

一般而言，意象与象征有以下的区别。意象在读者的脑海中建构一幅完整的图像，有具体的意义。意象与图像，两者关系密切，有“像”的特点。反观象征所表示的概念，却可以是抽象的事物。象征的事物，有其特别的意义，却不一定有“像”的特点。如西方学者

5　见钱理群等著：《中国现代文学三十年》（北京市：北京大学出版社，2003年），页236。

6　有关方面的讨论，可见茅盾对自己作品的评论。

Katie Wales 所述：春天象征新生命，玫瑰象征爱情[7]。春天和新生命之间，并不一定有必然的关系；而新生命所指的，也是一个相当抽象的概念。因为文化的关系，许多象征早已有约定俗成的意义[8]。如蝙蝠在中华文化里象征福气，而这在华人的社会里，是大家早已认同的。此例便是很好的说明。

为了使文章更有深度、更耐人寻味，象征手法的运用，自是十分重要。对此，张谷昌即指出："象征手法的特点，在于以具体的个别的形象来概括更普遍、更丰富、更复杂甚至较抽象的社会内容，它以其含蓄、蕴藉、耐人寻味，并且有独特表现力的长处而受到读者喜爱，……"[9]。

在文学作品中出现的象征，除了一些早已约定俗成的，文人也可以在创作时，另行设计。李行健在《小说修辞研究》指出，小说中常见到的三种文人自行创建的象征，有三大特点：一、依附性原则；二、强调性原则；三、丰饶的复义性效果追求原则[10]。具有这三类原则的象征，在茅盾的作品中，常可见及[11]。

所谓依附性原则，是指象征是依附故事情节或人物而出现。强调

---

7 Katie Wales, *A dictionary of Stylistics*, London: Longman Publisher,1989, pp 445-447.

8 关于有关方面的讨论，可详参古远清、孙光萱著：《诗歌修辞学》（台北市：五南图书出版公司，1997年6月），页278-279。

9 张谷昌：《略论茅盾抒情散文中的象征手法》，见《江苏广播电视大学学报》（总第22期），页25。

10 参见李行健：《小说修辞研究》（北京市：中国人民大学出版社，2003年12月），页238-246。

11 在文人笔下，特意制造的象征，有时确实会出现含义模糊的现象。正如古远清及孙光萱所言，这些属于"私人的象征"，若是强制演绎成自己观念的一种手法，不免耐人寻味，也有碍理解。也因此，象征手法虽可以有"多义性"，也应有"特定性"，无论何者，要符合容易理解、明白的大原则为是（见同注（8），页281-287）。笔者认为，李行健的分析及归纳，最为中肯，应重视。

性是指作者不断强调这事物，令其具有强烈的暗示作用。依附性象征，是指作者有意重复某人与某物，强烈暗示其作为象征的特性。

若从应用的地方来看，在茅盾作品中出现的象征，可分成以下两大类：一是作为作品命题的象征，二是出现在作品中的象征。

（一）从作品的命题看茅盾的象征手法

从茅盾为小说及集子所取的名字，不难看出其中所具有的强烈暗示性色彩。如茅盾早期小说集子《野蔷薇》便是佳例。蔷薇，与玫瑰同家谱。玫瑰在西方向来是作为爱情的象征。这本集子所收的小说：《创造》、《诗与散文》、《一个女性》、《昙》这五篇小说，内容便与爱情有关。正如茅盾自己所言[12]：

> 这里的五篇小说都穿了“恋爱”的外衣。作者是想在各人的恋爱中透露出个人的阶级的“意识形态”。这是个难以奏效的企图。但公允的读者或者总能够觉得恋爱描写的背后是有一些重大的问题罢。

最后作者直言不讳地道出将这四篇小说结集出版的目的：

> 脑威（注：挪威）现代小说家包以尔（Johan Bojer）在一个短篇里，说过这样的意思：有一个赞美野蔷薇的色相，但是憎恶它多刺；他则拔去了野蔷薇的刺，作为一个花冠。人生便是这

12 茅盾：《写在《野蔷薇》的前面》，见贾亭、纪恩选编：《茅盾散文》第4集（北京市：中国广播电视出版社，1995年4月），页235-240。

> 样的野蔷薇。硬说它没有刺，是无聊的自欺；徒然憎恨它有刺，也不是办法。应该是看准那些刺，把它拔下来。如果我的作品倘能稍尽拔刺的功用，那即使伤了手，我亦欣然。

韩国学者安昶炫其实也注意到茅盾在集子题目上的匠心独运[13]。他特地对《野蔷薇》集子中的五篇作品作一对比及分析，发现这本书，无论是人物、或是时空的关系上，都有一定的关联。安氏总结说，这部集子以《野蔷薇》为题目，实是一个整体性的象征。他说：“整体性的象征是制约作品的整个构思的，使作品具有双层结构。……”接着他举《创造》和《诗与散文》为例，道出茅盾的意图：侧重在写男女之间的爱情故事，但深层的阶段，“却象征了各人的阶级的社会思想问题、人生哲理。”

总的来说，《野蔷薇》题目和内容有一致性。

再来看茅盾的长篇巨著《子夜》，我们也得到同样的启示，题目和内容是一个不可分割的整体。《子夜》，顾名思义，是一天之内最为黑暗的时刻，用以指晦暗的人生，或不好的人际关系，或是一个黑暗的时代，是再适宜不过。也因此，李行健才会认为，象征也可以是有复义性的。茅盾在《我走过的道路》一书，对《子夜》定名的过程，如此写道：

> 另外，在原“提要”中我还初步确定署名为《夕阳》（或《燎原》、《野火》），并且作了形象的说明[14]。

---

13 参安昶炫：《〈野蔷薇〉艺术结构研究》，见茅盾研究编辑部编：《茅盾研究》（北京市：文化艺术出版社，1999年6月），页232-249。

14 茅盾：《我走过的道路》上册（北京市：人民文学出版社，1997年12月），页500。

无论是《夕阳》、《燎原》、《野火》，都隐含悲壮的色彩，是作者有意使用的象征手法：《夕阳》是美景尤在，可惜近黄昏；而《燎原》、《野火》，都指毁灭在即。这些象征所隐含的讯息，皆统摄在“子夜”这两个字之中。夜——还可以指中国社会黑暗的时代，亦可以指人心黑暗的一面。

以此类推，我们在看茅盾另一长篇巨著《虹》，自然更易看出篇名所隐含的象征讯息。对于“虹”，自古便有此说法，虽然美丽，无奈只是刹那芳华，因而总带给人惆怅的感觉。但西方的“虹”却没带给人如此感觉。在西方神话故事中，“虹”的尽头就是绿矮人藏黄金的地方。在挪威神话中的“虹”，是助人踏上天国的道路。《虹》这篇长篇巨著，故事是以“五四到五卅”这一段历史时期为背景，讲述的是当时的知识分子，如何冲破“铁屋子”，走上自己的人生道路[15]。故事中主人公梅行素，在五四新思潮的影响下，反对包办婚姻，独自离开成都，最后在五卅革命浪潮来袭时，借助好友梁刚夫的帮助，踏上通向她心目中的理想天国之虹。此时，“虹”所象征的是幸福。

（二）从作品中出现的象征事物看茅盾的象征手法

出现在作品中的象征有以下这两大特点：第一，反复出现。反复提及某种物件，令其暗示效果，更为彰显。第二，多依附在文中人物身上，制造效果。

茅盾名篇《雷雨前》便是很好的说明。《雷雨前》中，雷电的不断反复出现，暗示效果力显。这篇作品中，与雷声有关的词语，有九

15 有关故事背景简介，可参考李标晶、王嘉良主编：《简明茅盾词典》（兰州市：甘肃教育出版社，1993年6月），页98-99。

次之多，或是“隆隆隆”，或“轰隆隆”，或“霍、霍、霍”的拟声词，或以其它词语来形容雷声的恐怖，例如动词“咆哮”、名词“吼声”。

象征也可以是依附故事人物而成为一枚重要的暗示棋子。在茅盾名篇《子夜》，便可找到好些例子。如吴老太爷的《太上感应篇》。《太上感应篇》这本书最初出现时，并不具有任何特点，但在作者的反复强调下，其暗示效果也随着愈加明显。《太上感应篇》即象征古旧、落伍、旧时代、封建，种种与落伍有关的态度、观念，不一而足。

此外，《子夜》中吴少奶奶手中的玫瑰，也是另一好例子。如之前所言，玫瑰在西方是作为爱情的象征，可吴少奶奶收藏的，却是一支枯萎的玫瑰，而且还要夹藏在书本中。这即指出，吴少奶奶手中枯萎的玫瑰只徒具玫瑰的外形，其灵魂及生命力却早已消失殆尽。以此象征吴少奶奶虽然憧憬爱情，爱情却早已离她远去。

上举出现在茅盾作品中的象征，出现频率高，是作者有意突显其作为象征的特点。为了证明这一观点，笔者统计了“太上感应篇”、“玫瑰”、“雷雨”在《子夜》中的出现频率。且看：

1	太上感应篇	二十九次
2	玫瑰	七次
3	雷（雷声、雷雨）	三十次

当然，上表中的数字，在洋洋洒洒的万言小说《子夜》中看来似不多，但茅盾却在同一章，让同一象征巧妙地反复出现二十几次，这绝不可说少。像“太上感应篇”，在第一章里即出现了二十多次[16]。

16 历来各学者分析《子夜》一书的象征，无不提及《太上感应篇》，也莫不认为这是守旧封建的象征。如赵家壁：《子夜》（见庄钟庆编：《茅盾研究论集》天津市：天津人民出版社，1984年，页185-188）、韩侍桁《《子夜》的艺术、思想及人物》，页189-

"雷"，这一词语，如构词"雷声"、"雷雨"，或是单独的"雷"字，也出现了三十次之多。而这象征多集中出现在吴荪甫工厂面临危机的时刻，显示时局危急。

此外，若从语句的结构来分析，也可看出其强调的特点。仅以"太上感应篇"为例，借以看出茅盾如何在句式的构造上，突显象征。且看：

独立成句

让象征事物独自出现，引人注意。

> 例一　……马达声音响了，一八八九号汽车开路，已经动了，忽然吴老太爷又锐声叫了起来：
> "《太上感应篇》！"

例句的"太上感应篇"，第一次在《子夜》里出现。茅盾即以吴老太爷的惊呼，让《太上感应篇》成为读者的焦点，引人注目。

转折句

利用转折句，突显象征。

> 例一　吴老太爷自从骑马跌伤了腿，终至成为半肢疯以来，就虔奉《太上感应篇》，二十余年如一日；除了每年印赠而外，又曾恭楷手抄一部，是他坐卧不离的。

202、史伍《吴老太爷一例》，頁231-233。但《太上感应篇》作为一个象征，作者如何突显其特点，甚少提及；因此，本文遂利用这一机会，对此做一番阐述及分析。

例二　坐在这样近代交通的利器上，驱驰于三百万人口的东方大都市上海的大街，而却捧了《太上感应篇》，……

例三　二十五年来，除了《太上感应篇》，他就不曾看过任何书报！

例四　……但毕竟尚有《太上感应篇》这护身法宝在他手上，而况四小姐蕙芳，七少爷阿萱一对金童玉女，也在他身旁，……

例一的“自从……就……”，紧随“就”出现的“太上感应篇”突出这是吴老太爷所唯一所读的书，带出“只有这个”的语感效果。例二的“……而……”，也同样突出“太上感应篇”在吴老太爷心中“与众不同”的地位。例三“除了……就不……”虽是选择句，却加强及肯定了吴老太爷对“太上感应篇”的重视。例四在乍读时，不免感到叠床架屋；因“但”、“毕竟”、“尚有”，其实只需三者选一即可，茅盾却故意联用，其有意突出“太上感应篇”的意图，自然彰显。

再来，茅盾还以“指事句”“是……”，肯定了“太上感应篇”在吴老太爷心目中的地位，突出其作为象征的重要地位。兹举三例说明：

指事句“是”：

例一　……而尤其使这矛盾尖锐化的，是吴老太爷的真正虔奉《太上感应篇》，……

例二　……，《太上感应篇》便是他的护身法宝，他坚决的拒绝了和儿子妥协，亦既有十年之久了！

例三　……那是老太爷虔诵《太上感应篇》时必需的“法器”，现在四小姐也找了出来；……

上举三例，都以“是”字句来肯定“太上感应篇”在吴老太爷心中的地位，语气如此肯定与强烈，叫人侧目。

此外，茅盾也常喜在作为名词《太上感应篇》之前加上“那”，这看似可有可无的“那”，却显示出作者不表认同的潜藏语言。如人们说“那个人”、“那件事”，似这样的表达，或多或少，带有轻视的味道。虽是有意突显“太上感应篇”，在情感色彩上，却又带有些许的不惬意；我们这才能看到茅盾在提到“太上感应篇”时，实是另有所指。易言之，这也是一种刻意强调的手法。且看：

例一　……四小姐嘴里默诵那《太上感应篇》，心里便觉得已不在上海而在故乡老屋那书斋，老太爷生前的道貌就唤回到她眼前，她忽然感动到几乎滴眼泪。

例二　……她忘记了念诵那《太上感应篇》的神圣的文句了。

例三　然而第二天下午，那《太上感应篇》和那藏香就不及昨天那样富有神秘的力量。

例四　……她看见福生站在近旁，就唤他道：“福生，赶快到云飞的大餐间里拿那部《太上感应篇》来！

在白话小说创建伊始，象征手法还未广泛使用之际，茅盾已大量采用象征作为其语言表现的一种手法，值得重视。可以这么说，象征成为写作的一种主要且关键手法，应该归功于白话文小说的几名倡导者；茅盾正是其中重要的一位。

象征手法在当时已经成为一种主流的写作手法。如茅盾常在作品中以雷雨闪电，作为时代巨变的表征。无独有偶，与茅盾同时代的多位作家也是如此，譬如著名剧作家曹禺，亦曾以“雷雨”作为动荡时代的象征。

象征作为一种写作手法，与象征主义是不大相同的。茅盾作品虽受象征手法的影响，却又不能说他的作品所表现的，正是象征主义。邱文治、韩银庭在《茅盾研究六十年》里对西方的象征主义和茅盾作品中象征手法的问题，做了以下简明，却不失清晰的分析：

> 作为欧洲十九世纪中叶兴起的象征主义流派，无论是诗歌还是叙事文学，在艺术上最主要的特点就是与现实生活式样不一致，也就是作家凭借自己的主观想象力，有的甚至故意乞灵于潜意识，使作品的人物性格、故事情节和细节描写变形或扭曲，像是幻觉中的存在物。一句话。作品的本体结构离开了生活的固有样式，从而追求超越本体的朦胧情致或抽象的人生哲理。
>
> 属于现实主义的茅盾小说却不是如此。茅盾虽然也强调作品的主观想象力的驰骋受到理性认识的制约，作品的本体结构严格地按照现实生活固有的样式出现，他本身的主观意识是有机地渗透在作品的客观现实所应有的形式中。[17]

---

17 邱文治、韩银庭：《茅盾研究六十年》（天津市：天津教育出版社，1990年），页261。

纵观在茅盾小说中出现的象征，皆是寻常生活常可见及的事物。茅盾喜以这些事物作具有强烈暗示作用的象征用途，实是表达自己心中的一种意愿。这些象征，决不隐讳难懂；因他所寻求的写作途径，总以明确见称，绝不刻意地采用变形，甚或是朦胧化的手法写作。

比较了茅盾作品中的象征手法，会发现其后期的象征色彩，趋于平淡。关于这点，邱文治先生的分析十分合理。简言之，是茅盾在创作初期，恰逢五四后不久，要利用白话文开创新小说，对西方的写作理论和手法，不免多有借鉴；而这也是无可厚非的。到了中国抗战的时期，这时节已不宜再多采用以暗示为主的象征作为写作的重要手法。作者的所言所思，应直言不讳，一针见血。且看邱文治先生所言：

> 在这种社会氛围中，象征主义那种晦涩神秘的风格和咏叹个人哀怨的情调再也无法适应于时代要求了。[18]

邱先生所言，一言中的。不管怎么样，茅盾在此创作手法上的推介之功，都取得很好的成果。邱、韩两位先生最后的总结，为我们这篇文章做总结性的评语，最是恰当不过：

> 笔者认为：今天现实主义创作方法得到了发展，他容纳其他创作方法的艺术技巧而成为开放性的创作方法系统。茅盾的小说吸取象征艺术，迈出了可贵的一步，当代的一些作家将在此基础上，取得更丰硕的成果，把现实主义提高到“深思熟虑的象征”境界。[19]

18 同上，页271。

19 同上，页272。

事实也确实如此，从以后作家的作品中，或多或少都可看出茅盾现实写作特色的影子。

——本文收录于张爱东主编《中华文化的当代解读》
（新加坡：南洋理工大学新加坡国立教育学院，2007年）

曾圣提《在甘地先生左右》语言特色初探

一

乐黛云在《从世界文化交流看华文文学》里提出她对马华文学的看法，值得借鉴。她说：

> “五四”以来，新文学运动在东南亚各国，特别是新马文学中均有反应，但它已不是中国文学的分支，它已经是反映新马生活的新马民族文学的一个组成部分，同时又受到中国新文学的影响，分析和研究这些影响的实际产生，可能性和局限性，这是文学研究的一个重大课题，……。[1]

乐黛云所言极是。新马华文文学与“五四”新文学运动的关系密切，早已是不争之实。从时间来看，新马白话作品的推行，也是在

1　乐黛云：《从世界文化交流看华文文学》，见全国第三届台湾、香港与海外文学研讨会大会学术组选编《台湾香港与海外华文文学论文选》（福州市：海峡文艺出版社，1988年9月），页404。王师润华教授在《走出殖民地的新马后殖民文学》一文中指出：“1945年以前新马大多数作家都以中国为师，即使新马独立后至今，不少作家还是受困于模仿与学习中国新文学运动所建立的经典典范。”王润华教授所言极是。也因此，分析新马华文作家的用语，便不难看出两地的相似或共同之处。王润华教授：《走出殖民地的新马后殖民文学》，见王润华：《华文后殖民文学——本土多元文化的思考》（台北市：文史哲出版社，2001年9月），页141。

"五四"新文学运动推展之后不久开始的；从新马白话作品的语言特点，更可看出中国与马华两地文学之间的关系。

而马华文学的发展，无论是从作品的质或量来看，能取得今日的成就，并非一蹴而就，是经过多少年的酝酿，才会出现今日百花盛开的局面。因为一路走来不易，感同身受的马华作家，才会对马华文学有今日的成就，有深刻的感受。为此，马来西亚作家马崙便说了一段感性的话，他说：

> 华文文学今天的成就与地位，也毋庸讳言，是一株石缝里的小草，几经挣扎，在孤寂中默默萌芽茁壮，成长而来。新马华族文学，根本就是在先贤所开辟出来的道路上，迂回曲折地缓慢前进……。[2]

在这些先辈作家中，人才辈出，曾圣提便是其中一名佼佼者。[3]孟沙便做出这样的评价：

2 马崙：《作者的话》，见马崙：《新马华文作家群像：1919-1983》（新加坡：风云出版社，1984年1月），页iii。

3 曾圣提祖籍广东潮州，幼时在福建厦门集美学校读书，高中毕业后在厦门报社工作。1922年到新加坡任教，半年后返回国内。1925年去印度，追随甘地任文职，1926年回国。1927年再去新加坡，入《南洋商报》任电讯编辑兼副刊编辑，1930年任编辑主任，不久即主持读报编务，对业务多有革新，还曾主编《商余杂志》。1931年8月离开《南洋商报》拟赴美深造，1932年因"一二八"事变爆发改变计划，转赴槟城同友人合办《电讯新闻》，不定期刊，进行抗日宣传·同年再去印度，在甘地手下任职。1936年应槟城《现代日报》之聘前往担任编辑主任，其间曾组织东南亚10余名华文报纸记者回国采访抗战新闻。日本南侵前回到重庆，战后曾居天津。1979年应邀第三次赴印度，从事甘地生平及思想之研究。后来，病逝于印度。详参广东侨网：http://gocn.southcn.com/ztbd/zt_2005hwmt/zt_2005hwmt_br/200509080084.htm，10-8-2009。

> 曾圣提在二〇年代初期从中国南来，是个杰出作家和报人，也是南洋商报第七任总编辑。他写诗，小说，散文，也写理论翻译，是文坛的多面手。[4]

杨师松年教授也作过类似的评析；他道：

> 对年轻一代的新马文艺作者或爱好者来说，曾圣提可能是一个陌生的名字，但对老一辈的作者或是整理早期新闻文学史料者来说，大家都会同意：曾氏对二十年代下半期的新马华文文学，有着不小的贡献。[5]

曾圣提除了小说《生与罪》，散文更是写了不少，《在甘地先生左右》便是曾氏结集出版的散文集。杨松年师还指出，这本书问世后不久，便给誉为一九四三年最佳的著作[6]；因为不论是内容，或是写作手法，都与众不同，别有新意，出版后便引起注意。在此不妨一提的是，散文的创作，其实也是新马文学最早诞生的一种文体；不过，散文无论是在新文学的萌芽期（1919-1922），或是一九二三年后，在散文的写作算是较为成熟的时期，就篇幅方面，曾氏这本书收集的文章，还是比起萌芽期时期，只是“寥寥一二百字的速写或素描”的作品而言，在篇幅上长得多；[7]从内容方面来看，曾氏这本散文集比起当

4　孟沙：《马华小说沿革纵横谈》，见李锦宗主编：《马华文学大系：史料：1965-1996》（吉隆坡市：彩虹出版有限公司、马来西亚华文作家协会，2004年），页70。

5　杨师松年教授；《以血与汗铸造南洋文艺铁塔的曾圣提》，见杨松年：《新马早期作家研究（1921-1930）》（香港：三联书局、新加坡文学屋，1988年），页38。

6　参同注（5），页39。

7　有关新马华文文学散文方面的发展，可参方修：《新马华文新文学六十年》（上）（新加坡：新加坡青年书局出版社，2006年），页12。

时其他同期作品，也是丰富得多的。这时期的散文，内容多是围绕在作者在南洋的生活及经历。方修在《马华新文学大系》的导语部分，便简要地说了，萌芽期的散文，除了篇幅短，内容也多以政论为主。为何如此？方修说这类文章，比起抒情类散文，“形象思维的成分少了些，写作技巧的掌握也容易了些，这也使到它成了马华新文学发展初期的一种最热门的写作方式”[8]。虽说是热门，也只是在体裁的写作上，无论是记事、抒情等，皆有所涉及，但就内容质量上来看，就以后来流行的记事散文来说，内容还是稍嫌“浅”了些。

曾圣提的这本散文集，虽是带有自传式的色彩，写的却是他在一九二五年及一九三二年两次到印度跟随甘地的亲身经验。[9]似这样奇特的经验，无论是当时或是今日，都十分特殊，甚可说是与众不同，引人细读。再加上散文的创作还不算丰硕的时代，像曾圣提这样，能写上万言的散文，并又结集出版的，是少之又少。不过，以往大家对曾圣提的研究，多是环绕在他所提出的“以血与汗铸造南洋文艺铁塔”，即南洋地方的作品，应有南洋色彩的提议；或是他任职报馆编辑时，对本地文坛不遗余力、努力不懈的贡献。至于曾氏作品的研究，直到目前，仍不免稍嫌匮乏。[10]本文便打算就曾圣提的《在甘地

8 见方修：《马华新文学大系》（七）（散文集）（香港：香港世界出版社，2000年）（初版：1971年），页1。

9 李锦宗在《新马文坛步步追踪》里提及曾圣提到印度去，其实并不是为了追随圣雄甘地，而是受到大诗人泰戈尔的吸引；与此同时，也是有意到印度的国际大学深造。这一桩轶事，倒不失作为曾圣提到印度去，原因之探究的补充及参考。李锦宗：《曾圣提和泰戈尔》，见李锦宗：《新马文坛步步追踪》（新加坡：新加坡青年书局，2007年），页111-112。

10 对南洋文艺的提倡，曾圣提的贡献很大；不过，研究的范围，多围绕在他生平事功，对其作品的具体研究，不免稍嫌十分匮乏。对于马华华文文学的研究，似乎多集中在研究马华文学的发展历史，及各个阶段的作品特点和特出的作家。如黄孟文、徐迺翔《新加坡华文史初稿》在绪论中对马华文学的发展，提及马华文学受到中国新文学的影响，虽肯中挈要；但是，对于马华文学在语言文字上如何受中国新

先生左右》，一探其语言艺术方面的特色及特点；与此同时，也借此一窥当时白话文在南洋的发展概况。

二

马华文学的发轫，与中国的新文学运动，在时间上十分接近。[11] 方修在《萌芽期小说的一般缺点》一文中指出，当时的小说，于行文方面，语言还是“半新不旧”。[12] 这是指在叙述语言上，白话与文言掺杂。其实，不止小说是如此，散文也是如此。如“五四”时期诞生的写作高手，例如鲁迅、茅盾在写作初期，尚且如此，便知要完全摆脱文言的束缚，十分不容易。推究原因，是文言文对当时作家的影响还十分深刻，要完全将语言写得不存一点文言的影子，似乎不易，也不太可能。曾圣提的散文，在书写方面，自然也跳脱不出这一局限。

五四白话文文学的提倡，在写作上便常遇到词语贫乏的难题。傅斯年在当时便有此切身感受。他指出，因为词汇的缺乏，结果造成当

文学的影响，并没有进一步探究（见黄孟文、徐迺翔：《新加坡华文史初稿》新加坡：新加坡国立大学中文系、八方文化企业公司，2002年，页vii-xx。）。简而言之，研究马华文学者对作品本身的艺术特色，风格特点，甚或是修辞色彩，大多是在讨论新华文文学的发展概况时，附带提出；谈论时，也多是寥寥几笔，不免稍嫌不够深入，也不够精细。也因此，这方面的研究，甚值得重新探讨。

11 方修在《马华文学大系》的导言便指出，新马文学史上，在1919年便已出现白话小说。不过，方修不忘指出，那是“一篇具有小说雏形的创作”。易言之，无论是形式，或是写作手法，当时的新马华文学作品与1918年鲁迅写成的《狂人日记》都有段距离。无论如何，这篇小说开了马华文学的先河，却是事实。方修：《马华文学大系：小说一集》（新加坡：星洲世界书局有限公司，1972年），页1-19。

12 见同注（1），页20。

时的“语体文”（白话文）异常“干枯”。[13]这一问题，令许多“五四”作家在思量如何选择词汇时，常感棘手。当时的马华作家，为解决这一难题，有的从古文探寻，撷取适合的词语，加以运用；有的改变词义，或扩大或缩小词义，以便开拓词语的使用范围；有的则是创造新词，以用来形容特殊语境或心情。曾圣提便有把古语词直接引用在行文中的习惯。他所选用的一些古词语，有些不免稍嫌冷僻，乍读时，让人感到突兀启端。兹举数例，加以证明：

例一　早在村子外面鹄候

（《印度初旅》，页31）

例如例一的“鹄候”，在古典白话小说中便可看到。如《水浒传》第一〇七回：“李助又等了一回，有内侍出来说道：“大王有旨，问军师还在此么？”李助道：“在此鹄候！”此外，下面例二“拿着一把寻丈以外的……”这样的句子表达，也显得古味盎然。“鹄候”，指直立等候。若明白其词义，不难发现，这一词语最能表现出曾圣提当时站在村子外，伫足等候的谦恭模样；不过，若不懂得词义，便不免让人感到生涩、难懂。

例二　他的个子高大，面貌丰伟，拿着一把寻丈以外的大纛。

（《阿须蓝中》，页44）

寻丈，泛指八尺到一丈之间。如《管子·明法》：“有寻丈之数

---

13 参傅斯年：《怎样做白话》，见赵家璧主编：《中国新文学大系：2》（香港：香港文学研究社，1963年），页249-251。

者，不可差以长短。”“寻丈”想必在曾圣提的时代，也早已不再使用，曾圣提的特意使用，“古味”顿显。

上引例句的“大纛”也是另一古语词。据《现代汉语词典》的解释，指古代军队里的大旗。曾圣提在作品中也用了“旗”，为何有时取“大纛”而舍“大旗”，让人不明。这或许可看作是作者个人用语习惯所使然。

以下另举其他例子，以此为志：

例三　他兴奋地告诉马额马说我如何黉夜起来学习。

（《印度初旅》，页37）

例四　印度人民时时刻刻有罹锋镝的危险。

（《前言》，页7）

例五　……甘地先生，身在縲绁之中……

（《前言》，页7）

例六　……乃是不能掩讳的事……。

（《前言》，页7）

例七　……博得世人的哀矜

（《前言》，页4）

例八　下了车，借站上的灯光，重拾起我六年契阔的记忆。

（《浦那监狱》，页1）

例九　叫我迳到浦那去见他。

（《浦那监狱》，页2）

例十　在觑觇我的动作。

（《浦那监狱》，页10）

例十一　盘桓了好些时候。

（《浦那监狱》，页4）

例十二　从此以后，我心中忽忽若有失。

（《心魔》，页96）

例十三　村子附近的树木，樵采的人不愿意加以斧斤。

（《巴布兹起居注》，页58）

例三的“夤夜”（yín yè），指深夜。例四的“锋镝”（fēng dí），泛指兵器，参见汉・贾谊《过秦论》：“销锋镝，铸以为金人十二，以弱天下之民”。例五“縲绁”(léi xiè)，指牢狱。例六的“掩讳”(yăn huĭ)，指不能隐瞒。例七的“哀矜”(āi jīn)，指哀伤或怜悯，可见于《论语・子张》：“如得其情，则哀矜而勿喜”。例八的“契阔”(qì kuò)，可见于《诗经》，原文为“死生契阔，与子成说；执子之手，与子偕老”，指久别的情怀。例九的“迳到”(jìng dào)，《三国演义》九十八回，便有：“却说孙礼把军伏于山西，只待蜀兵到。是夜二更，马岱引三千兵来，人皆衔枚，马尽勒口，迳到山西。”例十的“觇觑”(chān qù)，可见于清•陈仁《纲鉴会纂·秦二世纪甲午三年八月》：“而不知天下之大可畏伏於大泽之卒，隐於鉅鹿之盗，而其睥睨觇觑者已满於江之西，山之东也。”例十一的“盘桓”(pán huán)，指逗留，可见于曹植《洛神赋》："怅盘桓而不能"。例十二的"忽"在今日多作副词使用。"忽忽"连用，据《现代汉语词典》的解释，是形容时间过得很快。不过，这似乎不易解释例句所要表达的意思。《汉书 · 李广苏建传》便有"忽忽如狂"的用法，指失意的状貌。看来，这用法及解释更为贴切，也应是例句所要表达的意思。例十三的"斧斤"，若不懂得这个词语在古文里也可当动词用，自然会感到疑惑。

曾圣提不是语言学者，有一套用语指导原则；也不似五四新文学运动的倡导者，致力写出有别于文言的白话作品。[14]白话文的写作，在当时既是进步的象征，也是一种风尚，更是一时的风潮，为当时的进步分子趋之若鹜。不过，因时代所囿，当时的作家受文言的影响，却又是那个时代的人难以解开的纠葛。[15]也因此，曾圣提写作时，不时用上古语词，自然可以理解。再加上家学渊源，使用古语词对他而言，更是得心应手。[16]还有，上引诸例，也确实让我们看到，曾圣提

---

14 身处白话文创建伊始的许多作家，如茅盾便十分重视语言的表达，在力求达意的同时，也力求语言要说得够"白"，要能吸纳民间口语，甚至是西方语言的特点；不过，与此同时，又要求能符合汉语的用语习惯。相关的问题，参拙作《茅盾的修辞观及其语言风格特点论析》，《南大语言文学学报》第7 卷第1期，2008年，页1-31。

15 刁晏斌在《初期现代汉语语法研究》一书的前言便指出："在书面语中，'五四'前后，是文言与书面语的最后交替时期，文言终于寿终正寝，而白话最终成为正式的书面语言。……二者之间的交替过程及其衔接是非常复杂的，其最主要的表现，就是文言对白话的影响、干扰和渗透……"刁晏斌所言，可圈可点，不过，其生动地描绘文言在当时的情况，却恰如其分地剖析了当时的用语特点。见刁晏斌：《初期现代汉语语法研究》（修订本）（沈阳市：辽海出版社，2007年4月），页4。

16 为了探究曾圣提的确切生平，杨松年便曾向曾圣提的亲属，还有，向曾氏本人查询。也因此，杨松年所记，有关曾圣提的个人生平，应该可信。曾圣提自小便接受私塾教育。他的父亲是清朝秀才，在家乡的私塾执教。曾圣提到十一、二岁时，才到新式学堂读书。不过，孩时的教育，及父亲的教导，对他的教育，都打下一定的基础，尤其是他在文言文方面所受的训练。参同注（5），页38。

选用的古语词，有些在词义上，确实较为贴切，也更能说明当时的情况，如例一的“鹄候”，形容自己站直身子，恭候的模样，便十分贴切。在找不到更好的词语下，曾圣提会做出这样的选择，自然可以理解。有时，古语词的使用，在表情达意上，更显庄重，也应值得注意。且看以下所举例子：

例十四　我见过了马根拉贝，临走，他给我一封信，叫我回到自己的住所才启阅，……

（《阿须蓝中》，页47）

直至今日，当我们在给长辈的书信或是为了表示庄重、尊重，一般都会在行文中夹杂古语词，一如上述例中的“启阅”，语气庄重，十分客气，表示文中的“马根拉贝”对“我”的尊重有加。不过，总的来说，有的词语，固然可以找到相对应的，且又易懂的词语，曾圣提却偏不选用，或是在行文中刻意夹杂一两个古语词，应该可看作是个人的用语偏好，自然也可看作是个人用语的特点，甚或是个人的风格甄引。

除了古语词，要增加词语的另一可行方法，便是扩大词语的用法。例如：

例十五　但我的浪漫的习气，从此更能加速的沉淀下去，……

（《阿须蓝中》，页45）

例十六　有一次，他躲在厕所里吸烟，被我和拉宝等破获了。

（《心魔》，页89）

例十七　结果他的企图失败了。

（《印度初旅》，页33）

例十八　马额马也把他拥着，大家抱持了一会，才携着手徐步进村。

（《印度初旅》，页31）

例十九　……打从树下经过，鼻孔里嗅到橙黄时候的甜香气味。

（《心魔》，页95）

例十五的“习气”，今日多是指不好的习惯或作风，说一个人有“官僚习气”、“不良习气”，绝对不是什么好事。曾圣提在这里特意将“习气”与“浪漫”搭配，一改 “习气”的一般用法，说自己的一些不是很好的习惯，只是过于浪漫。“习气”在这里，一洗“不良”的味道，把其不好的程度减到最低；与此同时，又增添了自我调侃的诙谐味道。

例十六的“破获”，据《现代汉语词典》的解释，指破案并捕获犯罪嫌疑人。这词语用于上述例子，实有“大”词“小”用的修辞效果。在厕所里抽烟而被“人赃俱获”，应该不至于用“破获”。这里刻意表现出“我”和拉宝发现“他”在厕所抽烟“如获至宝”的模样，传神、诙谐；读后，让人忍俊不禁。以下再引二例说明：

例十六之一　他深信农村手工业的复兴，可以从资本主义的手中，夺回他们的血汗，……

（《绝食和静默》，页116）

“血汗”一般是当作形容词使用，多与“钱”配搭，曾圣提在这里直接把“血汗”当作名词使用，并扩大其意思；这里可以指“辛苦得来的成果、贡献、功劳”，不一定只指“金钱”。

例十六之二　……他正在解衣，在这突如其来的侵袭之下，……

（《巴布兹起居注》，页70）

例十六之二的“侵袭”，在这里是指有人在主人公换衣时，没头没脑地闯入，让主人公顿感错愕。“侵袭”在这里便有“夸张”的味道，却又尽显闯入者的唐突和突兀，让人惊诧，十分传神。

例十七，“企图”既可用作名词，也可当作动词使用。若当成动词使用，“企图”后面一般需要带上后续成分，即动词性成分，如说：“他企图谋杀某人。”而不说“他企图”。[17]同样，若当作名词使用，也需要一个表示完成的动作，如《现代汉语实词搭配词典》里所举：“企图得逞了”、“企图实现了”、“企图（被）点破了”，不能配搭表结果的动词，如不说“企图成功”；也因此，说“企图失败”，即使是今日，也是不能接受的。[18]曾圣提的用法，显然不同于一般。似这样的超常搭配，在他的作品中，常可见及。例如：

例十七之一　这是我的习惯，第一次去的地方，一定是把整个地方粗枝大叶地纵览一次，……

（《印度初旅》，页25）

---

17 参马真、陆俭明：《“名词+名词”词语串浅析》，见《中国语文》1996年第3期，页185。

18 参张寿康、林杏光主编：《现代汉语实词搭配词典》（北京市：商务印书馆，2002年8月）。

例十七之二　这点成绩给德赛先生维持了几个钟头之久的开心。

（《印度初旅》，页36）

例十七之三　纽根拉尔静静的捏了我一把，干涉我。

（《阿须蓝中》，页45）

例十七之四　他从南非洲回来，旅行全国，……

（《绝食与静默》，页115）

上引四例，让我们清楚看到词语的超常搭配，生动异常，别具一格。一般而言，“粗枝大叶”，多是形容一个人做事马虎的个性，而不能形容走马看花；因此，例十七之一的“粗枝大叶”与“纵览”搭配，便让人感到新奇。例十七之二，将“开心”与“维持”搭配，也显得怪异。换作今日说法，我们可以这么说：

十七之二之一　这点成绩让德赛先生开心了几个钟头。

或

十七之二之二　这点成绩让德赛先生很开心，并持续了几个钟头。

十七之二之一直接把开心当作动词使用；而十七之二之二则是把“开心”当形容词使用。曾圣提在这里却是把作形容词使用的“开心”当作名词使用，这才会出现如此怪异的表达。曾圣提特意说德赛先生“开心”了几个钟头，不无带有强调的意味。

例十七之三的“干涉”，在直接使用的时候，我们会指出“干涉”

的是什么，并直接与代名词“我”搭配，用时语气或多或少带有不愉悦的成分，有突显或强调情感的色彩。例十七之四的“旅行”，应是不及物动词，常用的方式是：处所+旅行，如说：“到美国旅行”、“到香港旅行”。这里的“旅行”，已明显化身为及物动词。曾氏的用法，直接点明文中主人公旅游阅历丰富，语言干脆利落、简洁明了。

例十八的“抱持”，一般的用法，指的是心里存在的某种观念、想法，或意见等；[19]不过，这里的“抱持”，似有别于上述的解释，在这里指互相拥抱。“抱持”根据字面的意思去理解，会做出这样的解释，也未尝不可，这更不失为扩大词义的另一做法。不过，因为词义有别于我们今日一般的理解，此番读来，不免觉得怪异，也十分特别。下引二例，作为补充。且看：

例十八之一　自从巴布兹回阿须蓝之后，村子里的人，都觉得很饱满。

（《巴布兹起居注》，页66）

例十八之二　他们聚集在这个光天化日的村子里，没有阴谋，没有欺诈，……

（《印度初旅》，页52）

据《现代汉语实词搭配词典》，“饱满”可与“精神”、“感情”，或是实体的东西，如“果仁”、“果实”、“风帆”搭配。简言之，这里所说的“都觉得很饱满”，指的应该不止是精神，还可以

19 关于“抱持”的解释，可参《现代汉语词典》（第5版）（北京市：商务印书馆，2005年6月）。

是“思想”、“生活”，甚或是“生命”等，都可以变得更为“充实”。如此一来，例十八之一便丰富了“饱满”的原来的意思，还扩大其用法。

例十八之二的“光天化日”，可见于《尚书 · 益稷》：“帝光天之下，至于海隅苍生”及《后汉书·王符传》：“化国之日舒以长，故其民闲暇而力有余”。这成语本来的意思是形容太平盛世，不过，今日多用来指大家都看得清楚的场合。如说“歹徒竟然敢在光天化日下，当街打抢。而例句中的“光天化日”，却是还原其原本的意思，指“太平盛世”；这样的用法，确实让人耳目一新。

例十九在初读时，便让人觉得十分怪异，多读几遍，这才发现，曾圣提原来把即便是今日仍只是当作形容词使用的“黄”，摇身一变，转化为动词使用。这一句子其实可改写为：鼻孔里嗅到了鲜橙转黄（变黄）时候的甜香气味；不过，却少了原句带来的用语色彩。曾圣提改变词性的做法，无疑是带有修辞的特色，值得重视。似这类活用词语的用法，还有：

例十九之一　隐者日常亲近的矮桌子还搁在正座上，……

（《浦那监狱》，页9）

这里把“隐者”常用的桌子形容成是他常“亲近”的，便十分生动、有趣，叫人莞尔。

例十九之二　等到阳光融融地从林隙筛到我身上时，我便一纵一跳的跑到BA的厨下索牛乳喝。

（《印度初旅》，页50）

“筛”在这里，便细腻有致地描摹出一缕缕金黄阳光从林叶间的缝隙穿过、落下的生动画面。

例十九之三　当她的浓烈香气喷出来的时候，她，……

（《浦那监狱》，页8）

例十九之三描写的是昙花花开的样子，还有，作者的感受。花开之时，花香应该不会“喷”出来。曾圣提作这样的搭配，当然有违常理；不过，这样的动词活用，却又生动十分地把花香“袭人”的形象，细致地描摹出来，精彩十分。

因受西方语言的影响，在文字中使用译词，也是情有可原。如：

例二十　正害着一种颇严重的浪漫缔克热……

（《印度初旅》，页23）

“浪漫缔克”，今日统译为“罗曼蒂克”，或称作“浪漫”，似曾圣提的“混搭”使用，把“音译词”与“热”搭配，十分罕见。此外，因为叙述的是在印度发生的事，在文字出现许多印度的人名、地名的音译词，自然可以理解，这里便不再赘述。

在汉语里，有一类结合得不是很紧的词语，常可拆开，并在中间加插“了”、“着”、“过”，或是别的成分。这类词语便称做“离合词”。[20]如“吃饭”便可以拆分成，“吃了饭”，“吃过饭”，“吃着饭”；或在中间加入其他的成分，说：“吃不下饭”、“吃了

20 参周上之：《汉语离合词研究》（上海市：上海外语出版社，2006年9月）。

三顿饭”等。能够作为离合词的词语不多，因不是所有的词语都可以如此拆分；不过，曾圣提似喜欢将一些本来结合得相当紧密的词语，硬生拆开，制造有别于一般的用语色彩。且看：

例二十一　她到阿须蓝来，还没有一星期，已赌过了一次气。

（《心魔》，页89）

例二十二　要沐浴更衣，要大祈其祷，才算把垢秽洗涤了。

（《心魔》，页89）

例二十三　但德赛先生起了来，并不把我唤醒。

（《印度初旅》，页35）

例二十四　后来他派人到我的住所，向我道歉，说是一时的吸烟，才息了事……

（《印度初旅》，页41）

上引三例的“离合词”，都不是我们常见的。如例二十一的“赌气”，我们一般不会在中间镶嵌其他成分。这里的“赌过了一次气”，明显是为了刻意指出这名淘气的女士，还曾做过不少淘气的事。

例二十二的“祈祷”，也是如此。我们一般不会说“大祈其祷”，曾圣提这么说，有其特别的含义。这一段主要是记述乐斯美虽是“贱民”出身，不过，开明的阿布兹却不计较其社会地位，还把她收为义女。在印度，贱民的社会地位不高，在日常生活中，常受歧视。曾圣提便这样打比方，以揭橥这一社会问题的严重性。如一户人家在吃饭，刚好门口走过一个“贱民”，这一户高贵的人家，除了立即丢掉正在吃的食物，还要祈祷、沐浴、更衣。对被称为“贱民”的人来说，如此恶劣的行为，便十分侮辱人，曾圣提说这些高贵的人“大祈其祷”，便多少带有讽刺的意味。

再来，例二十三的“起来”，若要表示“过去式”，大概会说“起来了”；若要强调英语“未来式”的说法，可以说“要起来了”或“快要起来”。这里的“起了来”，应该是属“过去式”。同样，例二十四的“息事”，我们常说的是“息事宁人”，说“息事”，这里故意在中间加“了”，表示“过去式”，便十分特出。这里所举例子，正因不同于一般，深具个人的用语特色。

三

在白话文中夹带文言表达，是白话文发展初期的一种普遍的习惯。这是因为在语言的使用上，还不够纯熟所致。在“五四”的作品中，常出现的“文言”表达，可分“纯文言”，或是“模仿文言”两种。前者指的是纯用文言的表达；后者指的是使用文言里的一些虚词，以致文句读来较“文”。在曾圣提的散文中，我们便常看到模仿文言的表达。且看：

例一　那时小厮的工作，于我自无问题。

（《河上行》，页99）

例二　有时用榨汁碟榨其汁。

（《巴布兹起居注》，页65）

例三　阿须蓝于我，并非一个学校，亦不是一个革命的集团，……

（《割离》，页131）

“阿须蓝于我”，若换成今日的白话，便是“对我来说，阿须蓝是……”例二的“榨其汁”，活脱脱便是来自古文，如：“取其性命”、“取其首级”。例二若改成白话，可以说：“用榨汁碟榨果汁”，不必刻意强调果汁来自哪里。而“亦不是……”，也是多见于古文。这里不得不提的是，曾圣提似乎喜欢用“亦”代“也”，少用“也”，而多用“亦”。这里特举数例，加以证明。请看：

例四　他说中国是一个农业国家，印度亦是一样。

（《印度初旅》，页33）

例五　假如村中出了什么事，亦于晚祷之后提出讨论……

（《阿须蓝中》，页51）

例六　有时我亦凄凄的忆起碗里外炮火连天的故国，……

（《巴布兹起居注》，页59）

例七　虽在感情极端激昂的时候，亦能够默默无言。

（《浦那监狱》，页12-13）

上面所举的例子，若是把“亦”换成“也”或“也会”，读来也许会更为“白话”。曾圣提还常模仿古文，写出让人感到怪兀的句子；如：“他是吃在那里，读书在那里。”（《浦那监狱》，页5）便是很好的说明。这句子显然是脱胎自“生于斯，长于斯”。当然，曾圣提努力向白话文迈进，是毋庸置疑的。

此外，曾圣提也喜欢利用对偶句，穿插于文中，形成特色。且看：

例八　天上白云苍狗，地上沧海桑田。

（《别离》，页129）

例九　强凌弱，众暴寡，是一个集团的烦恼。

（《阿须蓝中》，页53）

对偶句是中文表达的一大特色，其来有自。[21]对偶因其字数的相等，句子的排列，在视觉上便十分享用；此外，因为句子相对，读来琅琅上口，具有音律美。[22]曾圣提便喜欢在行文中，特意安插这样的句子表达。有时，在写成白话的时候，曾圣提也刻意把句子变成对偶句，刻意求功。且看：

例十　昨日的他们也许只知没有宗教便是灭亡，今日的他们更明白没有自由生命便无法延续。昨日他们也许以为宗教是生命的源泉，今日他们认识自由便是他们的宗教。

（《阿须蓝中》，页53）

---

21 关于中文对偶句子的特点，可参朱承平：《对偶辞格》（长沙市：岳麓书社，2003年9月）。

22 古田敬一对中文的对句研究，深具心得，其著作值得一读。请参古田敬一著，李淼译《中国文学的对句艺术》（长春市：吉林文史出版社，1989年），页1-19。

例十一　它的力量，大之可以证道悟果，小之可以铲除烦恼，……

（《绝食和静默》，页117）

例十二　洒在地上，浓的是干，淡的是枝。

（《浦那监狱》，页4）

例十三　前桶盛小便，后桶盛大便。

（《阿须蓝中》，页49）

严格来说，曾圣提的对偶句，是属于宽式对偶，那是因为两个句子可以不押韵，字数也不一定相等；不过，因为排列整齐，引人注意，读起来，更是琅琅上口。这样的句子用多了，也多少带出抒情的味道。如例十、例十一便是如此。例十一既有抒情的特点，又兼夹议夹叙的特色。例十二的“浓的是干，淡的是枝”，两句相对，文句简练，韵味十足。例十三则是利用对句的特点，清楚、扼要地把事情讲出来。

总的来说，曾圣提喜欢在行文中，或是夹杂文言表达，或是夹杂对偶句子，既可以说是当时白话文还在发展阶段的奇特现象，若细究起来，也可以说是作者喜欢的表达方式。不过，曾圣提在文章中穿插了文言的表达，却十分有分寸，句子并不会因为过于“文”，而变得过于艰涩；另一方面，文言的表达，又多少可以突显典雅的特点；还有，文字也会因为带有些许的文言表达而变得简洁、精练。

四

刁晏斌指出：

> 在文言以及古白话中，第三人称代词是没有性别区分的，到“五四”前，刘复（半农）等人根据英语中第三人称代词“he, her”和“it”的区分，提出对汉语中第三人称代词进行性别区分，即分别写作“他、她”和“它（牠）”后来这种划分在书面语中就逐渐地推广开了。[23]

“代名词”的推介及使用，确实一改文言文不加代名词，以致常会产生混淆，不知所指的问题。不过，“五四”时的作品，为令表达更为具体、明确，于是频用“代名词”，甚至不厌其烦。

> 例一　它们的群中，我最喜欢一只硃砂眼的，它的羽毛好像涂过粉那样的雪白，它的一对壮健的脚，好像涂过硃那样的红。它的眼睛巨大而且红到发紫。它经常由我的窗子飞进来。我给它一点杂粮，它就在我的手里啄食。它站在我的小书案上，有时在我的仅可容膝的小室里度方步，它对我好像恋恋不舍的样子。我对它也是一样，它进来时，我宁可不工作，陪着它玩。
>
> （《小故事》，页112）

> 例二　早茶后，他问我能做什么，我说什么都愿意做。他叫我

23 同注（14），页49。

试一试抄写。我写了一页蟹行文递给他，他看了摇摇头。他又叫我计算捐款，我依了他的话，……

（《印度初旅》，页35）

例三　他只答应三天。我没有办法，用斩钉截铁的语气告诉他，我已经决定了。我知道巴布兹的脾气，无论什么事，假如你是决心要做，他便不阻止。我说了这话，他果然没有在表示反对。

（《绝食和静默》，页118）

类似上述所举例子，让人在阅读时，感到十分拖沓。这其实是汉语的发展，还不十分成熟的现象。为了让表达更为精确，以便清楚说出何者做了什么事，而不断使用代名词，便是当时白话文运动的时候，常可看到的问题。

为了使表达更为丰富、精致，曾圣提喜欢在行文中，为句子增添繁复的定语，或是装上成串的、并列的谓语。这样的用法，具有明显的欧化色彩，曾圣提使用起来，各异其趣，值得一提。且看以下的举例及说明。

多重定语：

例一　由全国各地，迅速地、迫切地，集拢到这原来为犯罪而设的浦那监狱来。

（《浦那监狱》，页13）

例二　我的脑子下意识地在整理这两天跟达夫德斯兄弟等谈话所收集的材料。

（《浦那监狱》，页12）

例三　他带给我们以飞鸟集，伽檀吉利等带着浓厚印度风的诗。

（《印度初旅》，页23）

例四　那些作品，使我陷入大丛林，大雪山，大隐士，甚至大胡子，大头巾，大佛像……等等惊奇的幻梦里。

（《印度初旅》，页24）

例五　和那伽富里人所着的配着一个短小的绣花的小马甲的晃晃荡荡的庞大袍子，……

（《印度初旅》，页24）

例六　这个村子的气氛，和平、冲澹、自由而隐逸，……

（《印度初旅》，页23）

上引诸例，例四是为让表达更为细致，借以表现出在监狱四周人潮的汹涌；例五的句子十分冗长，共有三十个字，主要是交代文中“材料”的由来；例六则是为了清楚告诉读者泰戈尔有哪些作品；例四清楚叙述，更是利用繁复的定语，制造让人目眩神迷的奇幻色彩；例五长长的句子，旨在细细描绘文中伽富里人的装扮；例六则是借以烘托出抒情的氛围。

并列谓语：

例一　他每晨照例盥洗，进白开水，祈祷，纺纱，见客。

（《浦那监狱》，页13）

例二　他亦很喜欢跟青年们接近，跟他们一道做晚祷，找他们谈话，扮演戏剧，或奏乐。

（《印度初旅》，页27）

例三　但是他们只有一个外表，一个信心，和一致的行动。

（《阿须蓝中》，页46）

例四　我要永远学习太阳的勤恳，公正，快乐和健全……

（《巴布兹起居注》，页60）

大致而言，并列的谓语，有把叙述的事件，娓娓道来，条理分明的特点，一如例一及例二。不过，偶尔也有为了加强语气，而不得不使用这样的表达，恰如例三所展现的特点。视觉上，谓语的一字排开，环环相扣，形成声势；在语气上，更有逐层加强的妙用，语言感染力也因而骤升。例四除了增强语气，增加声势，更表现出主人公立志学习所表现出的强烈的决心及信心。

五

这里不得不提的是，曾圣提的一些特殊用法，今日汉语便不常见，他虽然用得不多，不过，仍值得一一举出。如：

以“一壁”代“一面”，并与“一面”交替使用。

曾圣提受古典白话文学的影响颇巨。如“一壁”，意思一如“一面……一面”，或“一边……一边”，在古典白话文学中，便可看到。如：《儿女英雄传》第二十五回：“张姑娘接过茶来，一壁厢喝着，一壁厢目不转睛的只看着那碗里的茶想主意。”这里的“一壁厢”，有时也可做“一壁”。这样的用法，因流行不起来，今日十分少见。以下多举三例，加以补充：

例一　我们把它带到河岸上，一壁吃，一壁谈笑。

（《心魔》，页95）

例二　我一壁走一壁望着黑暗的对岸，……

（《河上行》，页102）

例三　一壁儿在大谈中国和印度不同的风俗。

（《浦那监狱》，页4）

例三的“一壁”是单独使用，不过，曾圣提特意加上儿化韵，甚是特别。还有，曾圣提使用的一些量词，也十分特别。

量词的使用

量词的使用，历史很久，不过，今天所使用的量词，日趋稳定，意即量词与名词的配搭，较为固定。[24]也因此，当我们翻阅曾圣提的

24 据参考资料显示，早在先秦或更早，量词便已经已出现。因注意到量词的特点，马建忠在《马氏文通》里便如此分析道：“故凡物之公名优别称以记数着，如车乘马匹之类，必先之。”吕叔湘、王海棻编：《马氏文通读本》（上海市：上海教育出版社，2000年3月），页215。这里说的便是量词在古代首要目的是用作计算单位。后来时间久了，计量的名也日久而确定下来。换言之，量词与名词的搭配，可说是十

作品，看到一些用法怪异的搭配，也可以是看作量词的用法不太稳定所致。以下列举例子若干，加以说明：

例一　一部可爱的长须

（《印度初旅》，页29）

例二　一只笔直的鼻子

（《印度初旅》，页27）

例三　一乘扎花的马车

（《印度初旅》，页31）

上述例子中，以“部”来形容胡子，以“只”来形容鼻子，在五四作家的作品中，常可看及。尤其是从汉语的发展十分成熟的今日来看，仍不免让人感到奇特十分。例三的“一乘马车”，是文言的用法，今日多用“辆”代“乘”。这里想提的是，古文中“一乘”指的是“四匹马”所拉的车，若曾圣提在文中指的是这样的马车，便是他的有意使用，力求确切；如若不然，说“一乘”“马车”，便不十分恰当。

除了上述所提，一些较为特殊的用法之外，一般上，量词到了曾圣提的时候，都用得相当准确，与我们今日所使用的，毫无二致。特举数例，以兹证明：

例一　这是一座规模颇大的旧式洋房，……

分稳定。有关方面的问题，也可参郭先珍：《汉语量词的应用》（北京市：中国物资出版社，1987年），页3-5。

例二　就扑在这厅的正中，是一套白达布的被单，褥上摆着一只大靠枕，恰面安置一只矮桌子。一边另外铺一张地毯，……

例三　……便雍容地从手袋里取出一件宝贝：那宝贝是一根五寸长短的钢针，……

上引三例皆取自《印度初旅》，这里所使用的量词，不仅成熟，而且精准、自然，有些较为特别的量词，则是为了达臻修辞作用，表现特别的效果。如：

例四　曳着一串无邪的笑声，……

（《巴布兹起居注》，页63）

例五　他又拖了一串小顽皮到野外去散步

（《巴布兹起居注》，页67）

“串”在这里便是量词的活用，或把无形的笑声形象化，或突出排成一列的小孩，是生动、具体化的表现，极具特色，也极具形象色彩。

小结

刁晏斌指出，个人的语言风格总会有不同于他人的独特之处，这些独特的，也可能不见于他人作品中；但也有一些是普遍现象。[25]换

25 见同注（14），前言，頁7-8。

句话说，有些用法虽普遍见于其他作家的作品，不过，这样的用语，在某个人的作品中常常出现，自然形成个人的用语风格，也可当作是个人语言风格特点的甄引。曾圣提因时代的关系，从今日现代汉语发展成熟的角度来看，他在用语上，与今日汉语有所不同，自然无可厚非。这是当时普遍的用语特点，不过，如何使用，少用、多用，应是个人的选择，自然形成特色。如曾圣提喜欢使用古语词，虽是当时普遍的现象，但曾圣提偏喜好使用一些较为冷僻的古语词，便可视为是他个人的用语习惯。在用语上，当时的人们喜欢利用一些介词“于”、“亦”等，造出“古味”盎然的句子；不过，曾圣提独好用“亦”，也常用“亦”，自然也应该是他个人的用语特色。

从曾圣提的作品语言来看，一如黎运汉所言：“语言风格是人们运用语言表达手段所形成的诸种特点的综合风格，它包括语言的民族风格、时代风格、流派风格、个人风格、语体风格和表现风格等。”黎氏所言极是。我们从曾圣提的作品中，除了窥视那个时代的风格，还看到个人的写作特点与特色。[26]

——本文多得新加坡《新华书局》老板杨善才先生借出许多宝贵的第一手资料及参考材料，还有梁春芳先生借出一些珍贵的参考资料，才能完成。在此不忘向杨、梁两位先生致谢。

26 黎运汉《汉语风格探索》（北京市：商务印书馆，1990年6月），页5。

冯骥才《俗世奇人》的语言特点

一

美国“新批评”文论家韦勒克·沃伦的《文学理论》将文学从总体上分成内部和外部两种规律。[1]内部者，指的是作品艺术与内容之间的关系；外部者，指的是文学的内容及写作艺术与时代的关系。两者虽是从不同的角度分析文学，却一致地提示我们分析文学的基本方法及方向。从内部来看，一篇文章之所以美，之所以让人回味无穷，与语言表达有着密不可分的关系。也因此，读一篇文章，不能只关注内容，也应重视作品的语言表达；而语言的运用，还与文章的整体风格有着密切的关系。一言以蔽之，文本的内容应与形式统一。本文以冯骥才的《俗世奇人》[2]里的作品作为研究的对象，探讨其用语特色，兼论其与作品内容的关系。[3]

---

1 René Wellek & Austin Warren, *Theory of Literature*(London: Penguin Books, 1970).韦勒克的“内部规律”和“外部规律”说，若从文学研究来看，也许外部规律或内部规律，其实都应该是一有机整体，不宜切分。可参Wellek & Warren，梁伯杰译：《文学理论》(台北市：水牛出版社，1999年2月)。

2 冯骥才：《俗世奇人：绘图绣像本》(北京市：作家出版社，2008年12月)。

3 文学语言的研究，一如邢公畹所言：“语言的分析，是要分析属于该文本的语言特点。”见邢公畹《邢公畹语言学论文集》(北京市：商务印书馆，2000年2月)，页597。换句话说，文学语言的研究，语言与文本、形式和内容应该是一致的。

二

冯骥才的《俗世奇人》，共收录了十九篇微型小说。这十九篇小说，短小精悍，情节迂回曲折，耐人寻味，引人深思。每篇作品的主人公，或是在工作职场上有突出的表现，或因性格、行事作风独具一格而让人难忘。[4]如《刷子李》写的便是一名技艺精湛，几近神乎其技的粉刷师傅；正因为自己长期训练而来的粉刷技术出众，每每在粉刷时，总特意穿上一身黑衣裳，以证明墙壁粉刷之后，身上绝不会留下丁点的白漆；《泥人张》写的是一名擅长捏泥人的民间艺人，而他"只需和人对面坐谈"，便可把对方的外貌用泥土涅出生动异常、栩栩如生的泥人；《苏七块》写的是一名技术高超的铁打师傅，为人因过于讲究原则而变得固执，上门求诊者，若交不出"七块钱"，便不给治疗，任凭对方因脱臼而痛得死去活来也不予以理会。

活在书中"俗世"的"奇人"，一如作者在书中开头所言，尽是"天津卫本水陆码头"出现过的人和事。冯骥才凭其巧思妙想，为故事人物补缀了一个个精彩的故事，当中不乏对人情世故的看法。如《酒婆》一文，写得便是一名奸商在所卖的酒中掺水的故事。光顾他酒铺的，又以酒婆最为人所称道，原因除了她喝醉酒时，走起路来摇摇晃晃，"上摆下摇，左歪右斜，悠悠旋转乐陶陶，看似风摆荷叶一般；逢到雨天，雨点淋身，便赛一张慢慢旋动的大伞了"；还有，她每每摇晃着走到马路边，总会神奇般地醒过来，醉意全消。奸商因老来得子，想做件好事积德，一日决定不再在酒中掺水，没想到老板这

4 网上读者对冯氏《俗世奇人》的评价，赞誉有加。这里仅引新书导读里的一段评论为证："书仅六万字，一边看插图，一边读它的文字，阅读起来毫不费力。读完后回头来看目录，一个人物一个人物的以及他们各自的故事竟记得格外清楚。"见 www.3stonebook.com/older/xsdd/xsdd80.htm

次的“善举”却让酒婆一直摇晃地走到路口都来不及醒过来，酒婆的下场，不言而喻。文中突显了对命运的无法掌控而心生的无力感，让人玩味再三，印象深刻。

虽然冯骥才没有明确指出故事发生的年代，但从故事中出现的人物和生活习惯来看，时间应该是介于晚清到民初之间。[5]因为发生年代与现代化的今日有段距离，也为了让人读出氤氲其间的“古雅”味道，冯骥才在用笔时，便极重视语言的运用。[6]

首先，在这些小说之中，便多次出现单音节词语。相对于古代，单音节词语的使用，在今日的使用，是少之又少。对于这中间的演变，王绍新在《课余丛稿》作了如此精简的解说：

> 汉语词汇的双音化虽可追溯至先秦，至二十世纪初叶虽已占优势。尽管如此，与当代词语相比，二三十年代作品中单音词还是较多，近几十年复音化的过程仍在继续。[7]

汉语发展至今，自然较二三十年代的汉语来得成熟；由此推论，今日汉语的双音节词语的数量应较之增加了许多。今日，一些单音词可加上后缀、前缀而成为双音节词语；一些不能用这样的方式变成双

---

5 如《好嘴巴杨》里出场的人物便有李鸿章，其他如《泥人张》、《苏七块》等小说，虽没前者般因历史人物的出现而有鲜明的时代背景，却因许多消失行业的出现而间接道出故事存在的时空。

6 在这里值得补充对文学语言的研究方法，李咏吟在《诗学解释学》中提到文学语言阐释在文学理论研究中有显著地位，但文学语言自身还欠缺严密的逻辑观。也因此，对文学语言的阐释，还离不开语言学的理论背景。这说法中肯。不过，文学语言的研究应不仅限于语言学，还可包括文学理论，修辞学、词汇学等不同学科的辅助，方可见其特点。说文学语言是边缘学科，实不为过。参李咏吟：《诗学解释学》（上海市：上海人民出版社，2003年8月），页55。

7 王绍新：《课余丛稿》（北京市：北京语言文化大学，2000年4月），页337。

音节词的词语，很多时候，便由另一双音节词语取而代之。也因此，在文章中照旧使用单音节词语，读来不免怪异。冯骥才在这几篇作品，屡屡使用单音词，或可看成是作者个人的用语偏好，但更多时候，更应看作是作者为了营造特殊的故事环境与背景而特意为之。兹举数例加以证明：

例一　逢到人挤人，便端着酒碗到门边外，靠树一站，……

（《酒婆》）

例二　赛在地上划天书了。

（《酒婆》）

例一的“逢到人挤人”，若按今日的用法，可以说成“每当人挤人”或“每逢人挤人”。例二的“赛在地上划天书”，一般的用法，有“好比在地上划天书”、“正如在地上划天书”、“好像在地上划天书”等，一如例一，以“逢”代“每当”或“每逢”，文言色彩浓厚，自然洋溢古味。在冯氏的多篇小说中，“赛”与“逢”的频频使用，也自然地成为他用语特色的甄别指引。[8]另举两个例子加以补充：

例三　逢到有人伤筋断骨找他来，他呢？……

（《苏七块》）

8　孙钧政在《语言指纹与作家风格》所言，大略概括，可以这么说，怎么样的生活，造就怎么样的作家；怎么样的作家，才会写怎么样的作品。（孙钧政在《语言指纹与作家风格》，见中国文学研究会编《文学语言研究文集》上海市：华东化工学院出版社，1991年）不同的人用不同的语言，对语言的有所偏好，自然成为作家的甄别指引，一如孙氏这篇论文的题目所言，作家的风格，也是语言的指纹。

例四　脑袋瓜赛粤人翁伍章雕刻的象牙球，……

（《冯五爷》）

以下另举其他例子加以说明：

例五　津门的老少爷们喜欢他，佩服他，夸他。

（《张大力》）

例六　力大没边，故称大力。

（《张大力》）

例七　他哪来的这么大的能耐，费猜！

（《认牙》）

例八　老板人奸，往酒里掺水……

（《酒婆》）

上举例子中的单音节词语，在文中穿插使用，令人读来，可感受到一股浓郁的“古”的味道。在欣赏文章的时候，会不自觉地走入作者所设定的时代，感受作者刻意营造的那个时代的气息。若把上述例句中的单音节词语换成今日的表达，文章里的情感色彩，应会逊色不少。如例五的“夸他”，今日多做“夸奖”、“赞许”、“称赞”等。但是，若以“夸奖”取代“夸”，除了行文变得较为“现代”，读时发音也顺畅多了，似不如属喉塞音的“夸”出现时，除了让人感到突兀之外，还因发音时的力度，增添人们对文中的主人公“张大力”的赞许和钦佩的情感色彩。同样，例六的“故称”读来文言味十足，若换成今日的表达，可说："所以称为……"、"所以叫做……"，除了时代色彩会消失外，还会稍嫌拖沓。例七也是如此，"费猜"源自文言，如孔尚任的《戏和无题诗》便出现了"费猜"，且看："情有情无夜费猜，珊珊小步最迟来。""费猜"的意思有：让人难以理解，或可解作不甚明了。若是换成今日表达，可以换成"让人难以猜测"或"不容易猜测"，二者皆不如"费猜"二字来得精简有力，不易切换。同样，例八的"老板人奸"，今日也许已经甚少有人这么说了，更多数时候，我们会说"这个人很奸诈"，或说他是"奸人"。总之，做这样的表述，既能让人感到用语的简练，又能符合那个时候的气息。

值得一提的是，冯骥才十分巧妙地把这些词语穿插于文中，让人读来，不会因这些词语而感到文章会因而变得过于"文言"而难读，反而只会让人感到词语的运用精彩，"古味"十足。且看：

> 有的手捏一块酱肠头，有的衣兜里装着一把五香花生，进门要上二三两，倚着墙角窗台独饮，逢到人挤人，便端着酒碗到门外边，靠树一站，把酒一点点倒进嘴里，这才叫过瘾解馋其乐无穷呢！
>
> （《酒婆》）

这一段描述的是酒铺的场景，来这里的人或站或坐，或在屋里或走到屋外，酒怎么喝、如何喝，交代得简明扼要；其中单音节词语"逢"，或较为文言的表达"独饮"的出现，并无碍人们对文章的理解。

三

在冯骥才《俗世奇人》中的另一特色便是对偶、排比句的使用。

对偶的使用，历史悠久。[9]作为中国文学用语一大特色的对偶，日本学者古田敬一即如此评析，谓对偶不仅在排列形式上呈现出一种对称美，造型美；除了显现视觉上的齐整的美感，充分体现了中文行文的美，还会在朗读时，因整齐的句式，读来跌宕有致，让人感到富有节奏美。[10]也因此，冯骥才多次在行文中使用对偶句，应有其深意。且看以下例子：

例一　凡他念过的书，你读上句，他背下句。

（《冯五爷》）

例二　熬小鱼刺多，容易长嗓子；炸麻花梆硬，弄不好格牙。

（《好嘴巴杨》）

例三　当面称他苏大夫，背面称他苏七块。

（《苏七块》）

例四　行外的没见过不信，行内的神奇愣说不信。

（《刷子李》）

9　有关对偶的历史发展及其特点，可参朱承平《对偶辞格》一书。见朱承平：《对偶辞格》（长沙市：岳麓书社， 2003年9月）。

10　古田敬一著，李淼译：《中国文学的对句艺术》（长春市：吉林文史出版社，1989年），页1-19。

例五　有绝活的，吃荤，亮堂，站在大街中央；没能耐的，吃素，发蔫，靠边呆着。

（《刷子李》）

在现代文学作品中出现的对偶，很多时候不似诗歌中的对偶那般的讲究，是属于较为宽松的对偶，也有学者称之为“宽式对偶”，以作区别。无论如何，上述例子，具有对偶的特色。

同样，除了对偶，另一富有浓郁中文色彩的表达——排比，也多次在这几篇作品中出现。其特点一如对偶，除了视觉美感，还制造节律美。以下列举数例加以说明：

例六　您朝他一张嘴，不用说哪个牙疼、哪个牙酸、哪个牙活动，他往里瞅一眼全知道。

（《认牙》）

例七　据说他偷瘾极大，无日不偷，无时不偷，无物不偷。

（《冯五爷》）

上引诸例，除了有增强语势的作用，在视觉上也具有工整的特点。例六的排比，虽只是说明事项，却在在强调牙医华大夫的敬业乐业，工作时专注、专心的特色。例七的排比，也是起着强调的作用，不同的是，这一排比兼有层递及夸大的特点及色彩，生动刻画了窃犯的偷窃心态与犯罪怪癖。这样的表达，饶富趣味，增加了视觉及情感色彩，更重要的是，夹杂在一般的行文中，多次使用，充分体现中文优美、典雅的特色。也因此，对偶与排比的频频使用，无疑是为小说增添浓郁中文色彩不可多得的好法子。

此外，冯骥才还利用类似排比的手法，把词语排列起来，形成形式齐整，节奏明朗，跌宕有致，别开生面的用语方式。根据排列的词语多寡，可分成三音节、四音节及多音节词语。且看以下的举例及分析：

二音节

这一类用语的特色是，词语之间不一定会有标点符号的间隔，但是读起来，却需要两个字两个字地读。正因为字少，音节紧凑，急迫的气氛顿起，无论是描绘紧急状态，或是表现紧张的氛围，皆传神十分。且看：

例一　张四抽肩缩颈闭眼龇牙，预备重重挨几下。

（《苏七块》）

例二　谁料苏大夫听赛没听，照样摸牌看牌算牌打牌，或喜或忧或惊或装作不惊，脑子全在牌桌上。

（《苏七块》）

例一的张四，因为工作而摔坏胳膊，只好到苏七块的诊所就医。当苏七块开始医治，怕痛的张四，立刻“抽肩缩颈闭眼龇牙”。简短的四个词语一字排开，即生动十分地刻画出人物的动作及状貌。例二也是取自《苏七块》这篇小说，描绘的是正在打牌的苏七块，因为牌局紧张，故事中人物拿牌，看牌，摸牌，一时喜、一时忧，可谓七情上面，玩牌时的乍惊乍喜，一应俱全。因为全都押了韵，读来和谐轻快，琅琅上口。总而言之，例一、二，两段简单的描写，无论是人物的动作或心理都能一气呵成，人物形象立体、生动，叫人拍案。

三音节

例一　上刀山、下火海、跳油锅，绝不含糊，死千一个。

（《小杨月楼义结李金鏊》）

例二　这些主家花钱买几张票，又看戏，又帮忙，落人情，过戏瘾，谁肯？

（《小杨月楼义结李金鏊》）

上引二例，或叙述事件，或概括并说明心里所想，叙述起来，简单扼要，干净利落，清楚明了。

四音节

例一　这日下晌，李中堂听过本地小曲莲花落子，饶有趣味，满心欢喜，撒泡热尿，身爽肤空，要吃点心。

（《好嘴巴杨》）

例二　老板缺德，必得报应，人近六十，没儿没女，八成要绝后。

（《酒婆》）

除了上述所举例子，四个字一组的串联，无论是在对事件的叙述，或是在对人物外貌的描绘，读来轻快明晓，快意十足。如冯氏在描绘铁打师傅苏七块时，即如此写道：

他人高袍长，手瘦有劲，五十开外，红唇皓齿，眸子赛灯，下巴颏儿一绺山羊须，……

多音节

例一　他光着脑袋一身肉，下边只穿一条大白裤衩，趿拉一双破布鞋，肩上搭一条汗巾，手提一盏纸灯笼。

（《冯五爷》）

“趿拉一双破布鞋”，省略了“双脚”或“脚上”，虽是如此，与“下边只穿一条大白裤衩”、“肩上搭一条汗巾”、“手提一盏纸灯笼”语法结构一致或相似，形成多音节句子的排列，形式整齐划一，读来琅琅上口，富有节奏感。例如“摸牌看牌算牌打牌，或喜或忧或惊”，读来是“平平仄平仄平仄平仄平，仄仄仄平仄平”，语调起伏有致；四音节词语的运用，如“饶有趣味，满心欢喜，撒泡热尿，身爽肤空，要吃点心”，读起来：“平仄仄仄，仄平平仄，仄仄仄仄，平仄平平，仄平仄平”；同样，除了音节的关系，还因语调和音节的关系，读起来，或疾或徐，或紧或松，或是在说一个人的言行举止，或是在阐述事件，或是在评论世情，便同说书人般，或是把故事娓娓道来，或是遇到精彩的地方，说话速度快了，甚至如连珠炮似的。他作这样的表述，既生动又韵味十足。语言表达之所以可以呈现如此效果，与语言的“节律”有莫大的关系。雷淑娟分析语言节律时指出：节律可以说是一切艺术的灵魂。[11]可谓一言中的。赖先刚更确切地指出：“节奏既是传递情感的‘脉搏’，也是语言音乐美的‘灵魂’。[12]因为节律的恰当使用，无论是对视觉或听觉，都起着一定的作用，值得重视。冯骥才善于利用汉语的这一特点，彰显小说“中

11 雷淑娟：《节律：文学语言的形式律与内容律》，见《修辞学习》2004年第4期，页47。

12 赖先刚：《语言研究论稿》（上海市：学林出版社，2005年1月），页179。

国化”色彩。且引《冯五爷》开头的一段，加以印证：

> 冯五爷是浙江宁波人。冯家出两种人，一经商，一念书。冯家人聪明，脑袋瓜赛粤人翁伍章雕刻的象牙球，一层套一层，每层一花样。所以冯家人经商的成巨富，念书的当文豪做大官。冯五爷这一辈五男二女，他排行末尾。几位兄长远在上海天津开厂经商，早早的成家立业，站住脚跟。惟独冯五爷在家啃书本。他人长得赛条江鲫，骨细如鱼刺，肉嫩如鱼肚，不是赚钱发财的长相，倒是舞文弄墨的材料。凡他念过的书，你读上句，他背下句，这能耐据说只有宋朝的王安石才有。至于他出口成章，落笔生花，无人不服。都说这一辈冯家的出息都在这五爷身上了。

上引例句中的用语，句式整齐，环环相扣，节奏明朗，不但把人物的家世背景，交代清楚，还把人物的音容状貌，一一写出。若与冯骥才另一篇文章《草婴先生》相比较，即可看出不同：

> 三年前的春天里意外接到一个来自上海的电话。一个沙哑的嗓音带着激动时的震颤在话筒里响着：“我刚读了你的《一百个人的十年》，叫我感动了好几天。”我问道：“您是哪一位？”他说：“我是草婴。”我颇为惊愕：“是大翻译家草婴先生？”话筒里说：“是草婴。”我情不自禁地说：“我才感动您一两天，可我被您感动了几十年。”

前者因整齐的句式而显得“雅”，后者却因表达十分口语而显得“白”，两者风格色彩迥然有别，风格各异，十分明显。由此可见，冯骥才在语言的锻炼上，苦心经营，力求通过语言文字表现作品的时代色彩。

走笔及此，不妨一提的是，胡适先生当年在提倡白话文运动时，曾提出“新文学语言是白话的，新文学的文体是自由的，是不拘格律的，……”[13]这样的论点及观点。胡适先生虽然主要谈论的是白话诗，但他之所以会对白话文提出这样的意见，更多时候，目的应只是为了方便辨识，以区别“今文”与“古文”的不同，以求泾渭分明。他这么说，同时也是为了鼓励人们，让人们觉得白话文比古文易学，用白话文创作，更具信心。其实，若能从当时动荡的时代看他说话的心态，便不难理解。[14]他的这番话，今日看来，应不必刻板信从。从冯骥才的作品来看，于行文中力求节律，不仅是为了突显中文的传统特色，力求表达洗练；还有，就是为了特意营造“古典”的氛围；一如胡适所言，“格律”是古典文学所重视的。今日一些文学作品，表达过于“白”，而失去中文的典雅韵味；过于讲求口语，行文不免流于拖沓，叫人扼腕。也因此，冯骥才作品中的这类表达，应加以探析及重视。冯骥才的孜孜创作，正印证了鲁迅对文学语言做过的一段分析：

> 太做作不行，但不做，却又不行，用一段大树和四支小树做一只凳，在现在，未免太毛糙，总得刨光它一下才好。但如全然

---

13 胡适之《谈新诗》，见胡适之：《胡适之古典文学研究论集》（上海市：上海古籍出版社，1988年8月），页506。

14 五四作家极力提倡白话文，很多时候，是基于一种救国情怀。也因此，极力宣扬白话文的好处，这样的心态，可参周光庆、刘玮著的：《汉语与中国新文化启蒙》（周光庆、刘玮著的：《汉语与中国新文化启蒙》（台北市：东大图书公司，1996年2月），页176-177。

雕花，中间挖空，却又坐不来，也不成其为凳子了。[15]

鲁迅所言，令人激赏。冯骥才的语言魅力，正如鲁迅笔下的凳子，雕工精巧，构图富新意，恰到好处。

四

一如之前所提，市井写的是“天津”底下层人民，为了突出地方性，冯骥才在文中屡屡使用天津方言，如《酒婆》中：“头发乱，脸色黯，没人说清她嘛长相，更没人知道她姓嘛叫嘛，却都知道她是这小酒馆的头号酒鬼，尊称酒婆。”的“……嘛……嘛……”的表达，便是天津方言。叶国泉和罗康宁在《语言变异艺术》中就指出：“在共同语中夹用方言词语，可以起到共同语所难以替代的艺术效果。”[16]文学作品使用方言的问题，在“五四”时候已引起许多热列的讨论。[17]但碍于方言的地域性，多用会削弱其他地方的人们对作品的理解；也因此，方言的使用，应当斟酌，也应当谨慎。茅盾即曾如此语重心长

15 转引自李国正等著《东南亚华文文学语言研究——面向21世纪的东南亚华文文学》（下卷）（厦门市：厦门大学出版社，2002年）

16 叶国泉，罗康宁《语言变异艺术》（广东市：广东教育出版社，1992年），页109-110。

17 许多学者论析“五四”“语体文”的特点时，特别指出这是一种揉杂了古语词、方言词、东西方词语的“新”语言。见刘兴策《也论文学作品中方言土语的运用》，见中国修辞学会编：《修辞学论文集》第5集（开封市：河南大学出版社，1990年），页210。这话说得虽是不错，但从语言风格的角度分析，我们感兴趣的，是现代作家如何使用这些词语，借以建构自己的个人用语特色。关于这问题，研究得较少，值得探索。如刘叔新在《现代汉语理论教程》一书中，对老舍作品语言风格作了简介。谈论甚简略，却说明有关语言风格的研究，已引起人们的注意。参刘叔新：《现代汉语理论教程》（北京市：高等教育出版社，2003年），页451-455。

地说道："文学语言并不排斥部分的方言乃至俗语，但这并不等于说，一切方言，俗语都可以改为文学语言。"[18]这也是为什么冯骥才在选用方言词时，小心翼翼，只撷取一些既让人读得懂，又可突显作品背景的方言。

以下另举三例加以补充：

例一　青云楼主，海河边一小文人的号。嘛叫小文人？

（《青云楼主》）

例二　他要是给您刷好一间屋子，屋里任嘛甭放，单坐着，就赛升天一般美。

（《刷子李》）

例三　若是真穷，拿嘛帮助自己？于是心里不抱什么希望了。

（《小杨月楼义结李金鳌》）

对于上引的例子，相信深谙天津方言的读者应不会感到突兀；不过，即使不懂天津方言的人读了，也不会觉得难以理解。善于利用方言，文章具有特色的时空背景，才会从容、自然地流泻出来。

五

江曾培探讨小说的写作时曾如此道：

18　茅盾：《创作生涯的开始》，见贾亭、纪恩选编：《茅盾散文》第1集（北京市：中国广播电视出版社，1995年4月），页504。

> 文学就是用语言来创造形象、典型与性格。用语言来反映现实事件、自然景象和思维过程。因此，文学创作的技巧，首先在于磨练语言，善于用准确、鲜明、生动的词汇来表现自己所要表现的。这点，对于微型小说作者，要求更为“苛刻”。因为，微型小说篇幅微小，字数有限……[19]

事实正是如此，无论是哪一类的文学作品，语言在许多时候，都是决定作品成败、好坏的关键因素。而作家的语言，都需要经过作家个人的提炼；霍凯特（Charles Francis Hockett）即剀切地指出，作家的语言不是简单的整个语言，而是一种经过加工的，具有书面风格的语言。[20]我们或许可以这么说，“文学是语言的艺术，作家的风格在语言上表现得最为鲜明”。[21]作家从词语到句子的选用，都与他所要呈现的语体风格有着密切的关系。

关于文学语言的讨论，方法多，范围也可以很广，除了上述的析论，我们还可以从修辞、语法方面的特点等方面进行剖析。不过，在一般的文学作品的评介上，多数关心及探讨的是作者如何使用词语，又是使用了哪些词语，继而延伸到分析文章句子的使用及其特点，至于行文与作品要表现的时代背景，甚至是文本所要体现的环境的关系，一向讨论得不多。本文仅从词语的巧用，以及对偶、排比、排比式句子、方言这几个方面加以分析，希望能以小见大，借之窥探冯骥才作品的语言艺术。

——本文发表于香港《文学论衡》二OO九年五月

19 江曾培：《微型小说的特性与技巧》（香港：明窗出版社，1998年），页45。

20 霍凯特（Charles Francis Hockett）著，索振羽、叶蜚声译：《现代语言学教程》（北京市：北京大学出版社，1986年），页595。

21 孙耀煜等编：《文学理论教程》（北京市：人民出版社，1999年1月），页386。

《红楼梦》词语活用现象探微

前言

《红楼梦》是中国四大名著之一，若要说有关这本书的研究，不论是深度或广度，其影响似乎比其他文学名著来得深远。而有关《红楼梦》的研究，无论是从曹雪芹如何塑造人物，故事的结构学[1]，甚或是《红楼梦》的话语研究[2]，都有所涉及。披阅《红楼梦》时，发现许多词语，用得生动、有趣，遂一一摘录，加以剖析。

本文便是希望通过对这些词语的分析，以小见大，一窥曹雪芹的用语特色。

（一）

石昌渝先生在其学术论著的开头一段话，具有启发性。他说：

> 我们随意翻开《红楼梦》前八十回的任何一页，只消读上几句，就会立刻被吸引了去，纸面上的字、词、句渐渐都从眼前溜走了，显现出来的是活生生的充满诗意的形象。[3]

---

1 周思源《红搂梦创作方法》（北京市：文化艺术出版社，2006年）。

2 孙爱玲《语用与意图：《红楼梦》对话研究》（北京市：北京大学出版社，2011年）。

3 石先生之所以特别强调前八十回，是因为历来许多学者都认为后四十回并非出自曹氏之手。本文也是基于这理由，把探讨的重点放在前八十回。引自石昌渝《论《红楼梦》后四十回与八十回文学语言的高下》，见张锦池、邹进先编《中外学者论红楼——哈尔滨国际红楼梦研讨会论文选》（哈尔滨市：北方文学出版社，1989），页637。

《红楼梦》的用语精彩，能达臻这样的水平，绝非一蹴而就。经过锤炼后的词语，涵盖的意思趋向繁复多变，不是三言两语便能解说清楚。刘勰《文心雕龙·附会》中提到："改章难于造篇，易字艰于代句，此已然之验也。"锤炼文字之功，绝非一朝一夕的事，偶有妙手得来的佳作，也需经长时间的训练才能拥有的能力。曹雪芹的《红楼梦》写了十年，有记录说他改了五次；其实，间中的小改，应更不少。

我们分析小说人物之如何生动、鲜活，最后还是要回归到词语的研究。石先生的这一番话，正好道出了曹雪芹对词语运用的匠心独运。

词语的活用，一向是文学作品中，最引人注意的地方。词语用得好，或是变异，或是常规用法，都能因异生姿，令作品展现万千姿采。关于《红楼梦》中词语的活用，便常有论及。例如曹雪芹在故事主人公"贾宝玉"身上，使用了几个既有趣，又生动十分的动词。

在未论及这一用语特色之前，有必要先说一说《红楼梦》这一书中人物年龄的设定，方能谈论为何用在他身上的若干"动词"是贴切的。这本书中的人物年龄，可以说一直是模糊难辨。近代有学者便说了，这是因为宝玉是个沉湎于过去的小男孩，不会"长大"；而这一说法，正与《红楼梦》伤怀过去的主题吻合。也因此，曹雪芹在描写贾宝玉时，除了在人物的言谈下功夫，即便是简单的动作描写，也十分讲究，力求符合人物的个性及年龄。在《红楼梦》第十二回，当王熙凤告诉宝玉，若宝玉的书房若要早日完工，便需要她的"帮忙"才行。宝玉一听，顿时恍然大悟，立刻"'猴'向凤姐身上"。"猴"在这里是名词作动词用，是修辞的"转类"手法。我们不妨细想，究竟是怎么样的人才会"跳到"别人身上，接着在别人身上"爬来爬去"？自然，除了是主人公生动活泼的个性所使然，也在在说明了宝玉与王熙凤俩人的亲昵关系，不同于一般。

要人物的个性彰显，曹雪芹的细心描绘，不会仅止于一次。在第二十二回，当贾家一家子在猜灯谜时，曹雪芹便是如此形容宝玉跑到“围屏灯”前的模样：“宝玉跑到围灯前，指手画脚，满口批评，这个这一句不好，哪一个破的不恰当，如同开了锁的猴子一样。”可见贾宝玉这一个人物的活泼如“猴子”般的性格，早已是如此设定。这里的比喻句：“如同开了锁的猴子”一语，宝玉的鲜明形象，令人莞尔。这样一个充满“动态感”的词语，绝对无法用在薛宝钗或是林黛玉二人的身上。[4]正因宝玉的淘气，所以曹雪芹在描写宝玉见到母亲和贾母时，才会做出这样的动作。且看：

> 例一　“不多时，宝玉也来了，见了王夫人，也规规矩矩说了几句话，便命人出去了抹额，脱了袍服，拉了靴子，就一头滚在王夫人的怀里。”（《红楼梦》第25回）

一个“滚”字便传神地把一个深获母亲宠爱的，而且常向母亲撒娇的孩子的音容状貌，生动地描绘出来。宝玉这样特别的“撒娇“方式，出现不止一次。刘姥姥进大观园时，曹雪芹便这样描写。请看：

> 例二　“刘姥姥便站起身来，高声说道：‘老刘！老刘！食量大如牛，吃个老母猪不抬头！’说完，却鼓着腮帮子，

4　吴篮铃分析《红楼梦》中出现在不同地方的“猴”的转类用法，十分透彻。不过，若从曹雪芹塑造贾宝玉这个人物时，对动词的选用，是根据其年龄和个性的这一点来看，更可看出曹氏对动词选用的严谨心态。宝玉性格的年轻与活泼，十足十便是个十三四岁的孩子模样，用“猴”来形容这样的孩子，十分贴切。详见吴篮铃《出神入化、流光四溢——再谈《红楼梦》动态词语的锤炼》，见中国修辞学会编《修辞学论文集》第6集（开封市：河南大学出版社，1992），页154-162。

两眼直视，一声不语。……宝玉滚到贾母怀里。”（《红楼梦》第40回）

一般来说，“滚”只指滚动，但这两处的“滚”却不是，也可视为是另一种“猴在身上”的动作，不过是少了“动手动脚”，却多了份小孩子的憨态。“滚”字在这里便是词语活用的实例。

曹雪芹笔下人物会在被人身上“滚”的，也不止是贾宝玉。我们不妨比对不同人是如何“滚”在别人怀里的，借以看出其中特点。

第六十八回，王熙凤发现自己的丈夫——贾琏有了外遇，十分愤恨；当她发现这个外遇的出现，自己的堂兄贾珍、侄儿贾蓉也有分参与，更是恨得咬牙切齿。不过，她出身大富人家，遇上这样的事情，绝不能同一般女子般大哭大闹，唯恐“惊动”了家中长辈，事件的结果会对自己不利。工于心计的王熙凤于是设下计谋，让丈夫的外遇——尤二姐一步一步跌入自己精心布置的陷阱。同时，她也不放过贾珍和贾蓉这两名“共犯”。接下去的故事发展，便是王熙凤派自己的心腹——旺儿，在找到尤二姐的未婚夫张华后，怂恿他到官府怒告贾琏，说贾琏娶了自己的妻子。过后，王熙凤便拿着这件事到荣国府去闹。

曹雪芹便如此描绘发难的王熙凤：“凤姐儿滚到尤氏怀里，嚎天恸地，大放悲声。”王熙凤哭得如此惊天动地，还说因为张华来告，迫于无奈，只好偷偷挪动家用五百两，希望把这事摆平。她的“滚”不是撒娇，而是在做戏。结果一把鼻涕一把泪的，把尤氏的衣服弄脏了，还一边哭一边骂着贾珍、贾蓉父子。因为凤姐的“滚”是夸张、做作的，所以才会惹得一旁众人是“又要劝，又要笑，又不敢笑”。对比宝玉撒娇的“滚”，和凤姐“虚情假意”的“滚”，两种不同的人物形象，跃然纸上，无需赘言。

曹雪芹对动词的巧用，由此可见一斑。底下再举其他例子印证。

话说有一天，宝玉的父亲——贾政要见自己。因一向惧怕父亲，宝玉要怎样“走进”父亲房间里去，便要好好地把文字经营一番，才能更好地说明宝玉当时的心理。于是，曹雪芹如此写道：宝玉是“一步挪不了三步”，待走到房门外，“宝玉只得挨门进去”（《红楼梦》第23回）的。

贾宝玉和他父亲俩人关系十分紧张。贾政因宝玉在周岁抓周时，拿了胭脂、钗环，自此认定这个儿子没出息，动辄便用恶毒的语言骂他。在书中，每当贾政与宝玉同时出场，做父亲的打招呼的语言，不是“孽障”，便是“畜生”；长久下来，宝玉对父亲越来越畏惧，避之惟恐不及，又怎肯轻易见他？曹雪芹描写贾宝玉是“挨门进去”，而不是“推门进去”，便仿佛让人看到一个可怜兮兮的小男孩，正精神绷紧地移步入房，样子既惹人怜，又惹人疼。

《红楼梦》动词活用的例子，多处可见。第十二回，当宝玉听到他喜爱至极的玩伴秦钟即将逝世的消息，因心急而忍不住呕血，且看书中如何描绘:“如今从梦中听说秦钟死了，连忙翻身爬起来，只觉心中似戳了一刀的不忍，哇的一声，直奔出一口血来。”“直奔出一口血来”中的“奔”本来是奔跑，用“奔”形容吐血，便带有拟人的色彩。宝玉吐血的这一描写，除了点出宝玉、秦钟两人的交情匪浅，还点出宝玉这个人的用情至深。

此外，不能不提的还有“歪”字。“歪”在这里是形容词当作动词使用的。[5]

---

5 洪帅在《《红楼梦》札记》一文指出，“歪”指的是躺。但是出现在《红楼梦》里的“歪”却不一定有“躺”的意思。例如《红楼梦》里的鸳鸯在宝玉房间里审视袭人的针线活，若说是躺着看，未免不太合情理。身为下人，又怎么能在主子的房间出现如此懒散的、不重身份的举动。说“歪”是躺着，于情于理都不恰当。洪氏一

宝玉在第二十回袭人生病时，袭人斜躺在床上的模样，曹雪芹便是这样描写的：“（宝玉）又见她（袭人）汤烧火热，自己守着她，歪在旁边，劝她只养着病，别想着些没要紧的事生气。”为什么是“歪”？那是因为身体不适，连平时非常注重行为端正的人，此刻也只能病恹恹地斜倚在床上。病人是这样，富贵人家平时躺在床上看书，或是百无聊赖之际，倚在床上发呆时也是这样“歪”在床上的，一点也不拘谨。且看：

例三　“宝玉因不见黛玉，便到她房中来寻，只见黛玉歪在坑上……”（《红楼梦》第22回）

王熙凤要为已到及笄之年的薛宝钗办个热闹的生日会，没想到这一安排，竟引起黛玉的不满。此时黛玉是“歪”在坑上的，指的是她正坐在床沿，独自生气的模样。而她这“歪”着的样子，显然又与鸳鸯的“歪”有所不同。试看以下例子：

例四　“且说宝玉因被袭人找回房去，只见鸳鸯歪在床上看袭人的针线呢。”（《红楼梦》第24回）

因是下人，鸳鸯在床上的“歪”着绝不是一副靠着床沿的慵懒模样。鸳鸯此时正把袭人的刺绣平铺在床上，俯身细看。这“歪”便是在说鸳鸯不似平时般把腰板坐直的样子。

宝玉也有“歪身”的时候。话说一日宝玉找黛玉，“宝玉见他星

文，引用许多证据，说明“歪”是方言词，而这一方言词也确实有“躺”的意思，不过，用来解释《红楼梦》书中众人物的“歪”，实不宜一刀切。参洪帅《《红楼梦》札记》，见《西南交通大学学报》，2010第11卷，页9-93。

眼微饧，香腮带赤，不觉神魂早荡，一歪身坐在椅子上……”“一歪身”是多么不庄重的坐姿，甚或是毫无坐姿可言。因宝玉与黛玉关系匪浅，他在平日里的生活，总是不拘泥于小节，这才会出现这样的“坐姿”。

此外，“吹”这词语的生动用法，在书中也出现了几次。我们不妨看一看黛玉与宝玉的这一段对话。“（黛玉）口内说道：‘你又干这些事了。干也罢了，必定还要到处幌子来便是。别人看见了，又当算奇事新鲜话儿去学舌讨好儿，吹到舅舅耳朵里，又该大不干净惹气。’”（《红楼梦》第19回）话说宝玉不要黛玉吃完午饭后便睡，因这样做对身子不好，于是一直吵着黛玉，最后还躺在黛玉的身旁聊天。一躺下去，黛玉便看到宝玉脸上有红印。初始以为是皮肤划破了，问了宝玉，宝玉直言是帮女孩子搽胭脂时，不小心沾上的。宝玉这个爱胭脂的癖好看在他人眼里，总是叫人诟病，虽与他青梅竹马一起长大的黛玉不以为忤，但黛玉还是做如此劝说。黛玉不是因为行为本身的好与坏说话，而是怕旁人把事情传开时，会加油加酱；更何况事情一旦“吹”进宝玉父亲的耳里，怕又要另生事端。

“吹”在这里属超常搭配，巧妙地把众人喜欢“乱传”宝玉稍嫌怪诞的行为形象化。想必这话要是宝钗说的，她会晓以大义，不会说传言会“吹”开的。

“转类”这类变异的用法，在《红楼梦》中，常可见及。且看“灰”字的“转类”用法。

例四　“那时黛玉耳听了这话，眼内见了这光景，心内不觉灰了大半。”（《红楼梦》第28回）

“灰”指的是黛玉的心情，既非绝望，也非郁闷。因为黛玉自己常把事情往不好的方面想，所以看到的一切都是“灰色调”的。可以这么说，这“灰”字便用得十分恰当，言简意赅，一语道出人物悲观的个性。

（二）

除了动词的生动用法，《红楼梦》一书中的重言词，也极具特色，值得一提；或描写人物心态、或描写人物形貌，都能恰如其分，生动十分。兹举数例，加以说明：

（一）“闷闷”

形容词“闷”较少重叠，而这里的“闷闷的”，有其特别的意思和目的：

例一　“那宝玉不理，竟回来躺在床上，只是闷闷的。”（《红楼梦》第22回）

话说宝玉与黛玉吵架之后，宝玉心情郁闷，做什么事都提不起劲，因而样子看起来是“闷闷的”。事情的缘起是这样的：王熙凤在看戏时说某名戏子长得很像一个人，结果史湘云一时嘴快，说像的人是林黛玉。说某人长得像戏子，在重视身份的古代，是十分不礼貌的。再加上林黛玉自幼寄住贾家，早已有寄人篱下的悲戚，本身又多愁善感，听了这话，她焉能不气？当时宝玉好心向史湘云打眼色，要她不能说戏子长得像谁，可史湘云偏偏行动快过思考，把心里的话都说了出来。过后湘云还恼宝玉向她打眼色。结果，宝玉成了猪八戒照镜子，里外不是人，既得罪黛玉，又惹恼了史湘云，而这两人偏又是自己最要好的朋友。他一人踽踽地回到房间，心情是郁闷的。“闷闷的”在此处便用得极好，生动地刻画了宝玉当时不知如何是好的心情。

又有一次，宝玉想回味与史湘云小时候玩闹的回忆，便央求史湘云替自己绑辫子，这一下可恼了长期照顾自己的袭人。袭人一不高兴，对宝玉便不理不睬，这时的宝玉也是“闷闷”的。且看：

例二　“这一日，宝云也不出房门，自己闷闷的，只不过拿书解闷，或弄笔墨。”（《红楼梦》第21回）

此番“闷闷的”所描绘的是何种心理，显而易见。

黛玉也有“闷闷的”时候，不过，她的“闷闷的”却多了份“挂念”。且看：

例三　“那黛玉见宝玉出了一天的门，便闷闷的，晚间打发人来问了两三遍，知道烫了，便亲自赶过来。只瞧见宝玉自己拿镜子照呢，左边脸上满满的敷上了一脸药。”（《红楼梦》第25回）

因为宝玉出去了，没有人陪，又不知宝玉现在怎样了，心中挂念，黛玉这才会“闷闷的”。

（二）“懒懒”

除了“闷闷的”，另一表现人物性格的词语——“懒懒的”，也用得有趣。且看以下这个例子：

例三　“黛玉见宝玉懒懒的，只当他是因为得罪了宝钗的原

故，心中不受用，形容也懒懒的，……”（《红楼梦》第30回）

“闷闷的”若一直反复使用，未免稍嫌单调。这里借黛玉的眼睛看宝玉的情貌，是“懒懒的”。若把“懒懒的”换成其他表达，效果应会大打折扣。

“懒懒的”除了表现出一副意兴阑珊的样子，有时还可指病恹恹的模样。例如第七十二回，王熙凤的妇女病十分严重，贾母的首席丫鬟——鸳鸯来探望时，路上碰到了王熙凤的得力助手平儿，便问道：“你奶奶这两日是怎么了？我只看她懒懒的。”平儿回复：“他这懒懒的也不止一日了……”

为何一开始不说王熙凤脸色苍白，或是说她因病而走路颤巍巍的，却只说是“懒懒的”？因为王熙凤好强好胜，虽然病了，还是不希望外人看出来，硬撑着身子处理家中大小事务。鸳鸯探病不久，便发生了抄检大观园一事，而带领众人抄检的，正是王熙凤。不过，无论王熙凤再如何掩饰，最终还是瞒不住细心的鸳鸯。鸳鸯说王熙凤“懒懒的”，使用得委婉十分。当然，这也是反衬的手法，借以说出鸳鸯的心细如发。

除了生动刻画出人物的心理或是身理状态，我们还可看到重言词的使用，是因为距离的关系。

（三）“细细、暗暗”

例四　“宝玉便将脸贴到纱窗上看时，耳内忽听得细细的长叹一声……，走至窗前，觉得一缕幽香，从碧纱窗中暗暗透出。”（《红楼梦》第26回）

这里又让我们看到宝玉调皮的一面。顽皮的宝玉来找黛玉，偏不敲门入内，而是隔着糊上一层纱的窗子向屋里张望。因这层纱的关系，屋外亮，屋内暗，由外往内瞧，屋内情形瞧不清楚。曹雪芹先是描写了声音，由内传出，因为距离的关系，这传出来的声音是“细细”的。贾家的家人常用熏香，黛玉也在房间里点熏香。当宝玉把脸贴近窗口，便可嗅到缕缕飘出来的“暗暗”的、淡淡的香味。

（三）

20世纪初俄国形式主义者维克托·什克洛夫斯基提出了“陌生化”，影响甚大。曹雪芹在语言运用上的精妙之处，有时确实可看到许多不符常规的用法，却因用得好，因异生姿[6]，符合“陌生化”的特点。不过，这里不妨一提的是，在研究某位作家的作品时，仅是罗列“陌生化”的表达，借以说明其“与众不同”的用语特点，本是无可厚非的；若能从这位作家的一些“特别”的用语，谈论其用语的特点及深意，应会更为理想。吴篮铃便指出，曹雪芹的用字，是“搜尽枯肠”，有“刻意雕琢”的痕迹；其用语特点，从上举若干例子，便清楚可见。《红楼梦》一书的许多词语的巧用，若能细加整理，定能为我们对词语能如何的巧妙运用；还有，这些用法可达臻怎样的修辞效果，有所拓展。

6 陈静《文学的“陌生化”理论：从什克洛夫斯基到布鲁姆》，见《咸宁学院学报》2010年，页46-48。

新加坡华文报章新闻标题的特点及其问题论析

新闻写作虽是人们常谈论及研究的对象；不过，新闻标题也忽视不得。对一则新闻报道而言，新闻标题担任的是新闻眉眼的角色；读者为何会选择阅读这则新闻，或从这则新闻标题提取了怎么样的初步讯息，新闻标题居功不少。[1]刘汉报、傅贵余在《时事新闻标题》，即对新闻标题的特点，作此简单，却不失明确的阐述：

> 标题是版面的“眼睛”。版面靠标题向读者传神传意传情。我们常说画龙点睛，意思是说作文或说话时在关键地方加一两句重要的话，使内容显得更加生动有力。一个版面也是如此，没有一两个精彩的好标题，就显得呆板、缺乏生气。[2]

好的新闻标题，除了具备提示新闻内容重点的能力，还要能引人细读。简言之，新闻标题该如何写，如何构思，都十分费思量。大体而言，新闻标题应具备以下四大要素，即：一、主题要鲜明；二、用语

---

1 关于新加坡新闻标题相关的研究资料，尚有匮乏。而一般对新加坡的新闻研究，也多从新闻用语的这一方面加以评述。例如由新加坡华文报章集团出版的《词语评改》便是如此。华文报集团新闻研究部编：《词语评改7》（新加坡：联邦出版社、联合早报出版，2000年）。间中或论及新闻标题，在量的方面，仍有不足。

2 刘汉报、傅贵余：《时事新闻标题》（北京市：新华出版社，1997年），页24。

要言简意赅；三、语气庄谐并重；四、文字用语应具有美感。[3]新加坡报章的新闻标题，虽具有上述特点，但偶尔出现的缺失，或隐或显，仍不妨一提。黄煜、卢丹怀、俞旭在《并非吹毛求疵——香港中文报章的语言与报道问题评析》对新闻用语提出的看法，值得借鉴：

> 语言文字是信息的载体。报纸靠语言文字而存在。很多人看报，实际上也不自觉地学习语言和写作方法，所以新闻报道的语言还对读者产生着潜移默化的影响。使用不规范的语言文字写文章，如果是给自己看的，影响不大；如果给一个朋友看，人数就增加了一倍；如果写成文章公诸报端，影响面就更广了。同时，不规范的文字写成报道可能损害新闻的准确性，不但影响信息的传递，也可能增加阅读的困难，或者在语言文字的使用上误导读者。[4]

新闻标题的主题应该鲜明。鲜明指的是标题是否能具体、准确地传达讯息。赖兰香便指出，要主题鲜明，应具有以下六大要素：

> 标题的优点就是能把新闻元素——“六何”……在有限的字数里反映出来，读者就是不看新闻的躯干，甚至不看导语也可知道事件的梗概。……“六何”，六个“W”——Who、When、Where、What、Why和How。[5]

---

3 好的新闻标题该如何评议？关于这一问题，可参考赖兰香：《传媒中文写作》（香港：中华书局，1997年），页42-52。

4 黄煜、卢丹怀、俞旭在：《并非吹毛求疵——香港中文报章的语言与报道问题评析》（香港：三联书店，1998年1月），页165。

5 同注（3），页33。

赖氏所言，简明扼要。不过，有时六何要素不全具备，极可能是为了达臻某种效果，而故意设计，是编辑的有意之作。也因此，六何要素没完全出现，并不一定就不是好标题。关于这点，有必要加以厘清。兹举数例加以印证及说明：

例一　旅游局采纳公众部分建议

牛车水发展蓝图调整

（《联合早报》，1999年6月19日）

上述例子，主题鲜明，语义清晰，具有“六何”的基本要素。如“谁”，“做了什么”、“怎么做”、“为什么”、“哪里”，至于其中一项“何时（When）”，明显的，指的便是当时，无须赘述。

有的标题，却只有一疑问句，十分引人注意。例如：

例二　他为何逃跑？

（《联合早报》，2000年8月1日）

根据新闻内容，这名男子为了避免摄影记者把他摄入镜头，因此一看到记者便抱头鼠窜。虽然没上下文，句子也并不完整，却能突兀启端。看了这样的标题，相信有许多人会忍不住会往下细读新闻内容。由此可见，“六何”虽力求事事交待清楚，但过于刻板的追求，有时却又不免显得平淡，甚至无趣。以下所举的另一例子，便是如此：

例三　窃贼破墙而入

偷走工厂万二元财物

（《联合晚报》，1999年11日6日）

上举例子的“六何”元素，除了事件发生的原因外，其余无一缺漏，意思虽明确，却缺少了新闻标题吸引人的特点，显得一般，无甚特色。更何况，有时一味要求新闻讯息要充足，也可能出现顾此失彼，挂一漏万的现象。且看以下所举：

例四　实龙岗河口发生意外
　　　摩哆舢板与游艇相撞
　　　奎笼主人坠海下落不明

（《联合早报》，1997年6月3日）

这则标题中举出意外发生的地点、经过及肇事者，而“奎笼主人”的突然出现，更是让人觉得莫名其妙。这个人究竟是游艇还或是摩哆舢板的主人？可见，过于强调讯息的确切，若处理不当，可能会弄巧反拙。

如何令标题吸引人，在词语的运用上，就十分讲究。用语巧妙，标题不但鲜明，更能让人留下深刻的印象。兹举三例加以说明：

例五　被警车穷追
　　　匪车猛撞德士
　　　德士尾追逾一公里

（《联合晚报》，1999年5月28日）

上引例子的“穷”、“猛”的运用，把公路上一追一逃的情形，生动地刻画出来。

例六　急速旋转刹那间
　　　少妇坐过山车

高空抛下惨死

（《联合晚报》，1997年11月22日）

一个“抛”字，便将少妇从高空坠下的状貌，描绘得极为精妙，而且有力度。

例七　毒打律师
戏霸监一年打三鞭

（《联合晚报》，2004年5月4日）

“毒打”虽有夸大之嫌，但在强调凶徒的残忍，律师伤势之严重，十分具体、鲜明。因用词匠心独运，更让人想一睹个中案情究竟如何发生。

不过，有时用语过于夸大，以致失真，新闻的真实性不免叫人质疑。似这类问题，应加以注意，也应避免。例如：

例八　丁那油点香酿意外
巨香狂喷火
木匠变火人

（《联合晚报》，1997年8月24日）

据《现代汉语词典》的解释：“喷”是受压力而射出的意思。巨香又怎么能“喷”火？这则新闻让人感到有“炒作”新闻之嫌。

例九　滚落小山坡
女生撞颈死

（《联合晚报》，1999年5月2日）

其实，据新闻内容所述，女生的死是其他原因造成的，并非撞颈而死。以下新闻也同样犯上用语不当的问题。

例十　70年代艳星醉酒跌倒
撞爆脸部肌肉
邵音音惨毁容

（《联合晚报》，1999年2月22日）

脸部怎么会因跌倒而“撞爆”，这真是匪夷所思。

既要新闻标题引人注目，在标题用语上下一番苦心经营，原是无可厚非，但用语过于夸大，不免有损该则新闻的新闻价值。这类问题实应予以正视。

此外，标题用语所构成的情感色彩，也应注意。一般而言，标题讲求公正，无偏袒，所以标题尽可能避免出现过多带情感色彩的用语。如赖兰香便如此评价：“新闻报道要公正，不做价值判断，不提出主观评论，尽量保持中立，标题撰作亦然，应该避免采用感情色彩浓烈和渲染煽情的语句。”[6]尤其是政论新闻，为了避开政治的敏感问题，标题一般采用较为“含蓄”、“庄重”的字眼。这是可以理解的。而一些社会新闻，有时却会或多或少地加上情感的字眼或是道德的判断。只要处理得当，这一做法，其实也能增添标题的新闻魅力。例如：

例十一　一起无情车祸
活泼俏女生

6　同上，页49。

几变植物人

（《联合晚报》，1999年5月27日）

例十二　老妇真命苦
一家四口患病

（《联合晚报》，1999年5月27日）

例十三　木匠杀死房客后
母亲及弟弟
竟协助抛尸

（《新明日报》，1999年12月16日）

上述例子，或在形容词，或在副词的选择与使用上，极力营造情感色彩。如例十一，便是通过对比，将一个在之前原本是“活泼”、“俏丽”的女生，在遭遇了一场“无情”车祸后，变成植物人的惨剧，具体呈现在读者面前。例十三除了将凶手母亲及弟弟盲目帮助凶徒的行径公诸于世，更通过一个“竟”字，把对该名凶徒的母亲和弟弟的残忍，助纣为虐的批判，直接披露，不加掩饰。

对于一些较为正面的社会新闻，新闻标题也不妨加注鼓励的色彩。且看：

例十四　两位“第一”女性
林素芳：第一位女常任秘书
黄月珍：第一位警区女署长

（《联合早报》，1999年8月17日）

上述标题一连用了三个谦恭的“位”，语气立时显得欢愉并带有鼓励性。量词“位”，则突显恭敬的味道，若贸然去除，有时不但恭敬色彩尽失，甚至还会出现不甚愉悦的味道。兹举数例为证：

例十五　两男一女获总统奖学金

男儿志在从军，女生想要从政

（《联合早报》，1998年7月22日）

例十六　爱心耐心深获学生与家长爱戴

十九男女深获模范华文教师奖

（《联合早报》，1999年5月22日）

例十七　1999年19得奖人

全国模范华文教师奖

（《联合早报》，1999年5月29日）

若把上举三例与以下另举的几个例子加以比较，更能看出其中语气的不悦，还有其中蕴含的不甚恭敬的味道。且看：

例十八　吉隆坡法庭暴惊人内幕

2男与安华

大唱后庭花

（《联合晚报》，1998年9月19日）

例十九　怡保恐怖夺命车祸

游完云顶回途·车轮爆胎五死二伤

（《联合晚报》，1998年5月25日）

例二十　21只小狗惨遭活埋
　　　　三男子将被控虐待动物

（《联合早报》，1999年10月21日）

去掉量词的语句，语气给人不甚愉悦的感觉，显而易见。十九位老师得了模范教师奖本是件值得高兴的事，但上述标题中的语气，非但少了这份喜气，还带有不甚谦恭的味道。假如把这几个新闻标题与例十四的标题对比，高下立见。总的来说，即使是较为轻松的社会新闻标题，措辞也应当小心，语气的轻重问题更值得注意。

为了使标题的用语精简有力，标题偶尔会出现文言的句式。例如：

例二十一　洗窗一洗18年　乐观坚强
　　　　　照旧工作，喜见四孩子大学毕业

（《联合早报》，1999年9月8日）

若是求精简，而尽量在文字上加以浓缩，结果造成语意不明，也须注意。例如这一例子：

例二十二　比人吃马肉

（《联合晚报》，1999年4月12日）

何谓“比人”？只有在细读新闻后，才知道是“比利时人”的缩略。如此任意缩略，以为读者一读便可明白所指，不免有“想当然尔”的毛病。

例二十三　政府草拟总蓝图

发展资通讯科技

（《联合早报》，1999年6月23日）

一般而言，与“资”配搭而构成的词语，有“资讯”、“资料”等，“资通讯”这一词语，在乍读时，不免让人感到怪异。细读新闻导语，这才明白“资通讯”是“资讯与通讯科技”的缩略。这标题便疑是为了上下句要“对称”，这才特意在文字上如此加工，不过，却因而忽略了标题讯息的简明易懂。赖兰香在《传媒中文写作》中即针对此一现象提出看法：缩略词的构成，必须合乎读者的心理习惯，不能生硬，不可引起歧义。[7]

赖氏所言，一言中的。不过，这里需补充的是，过于缩略，除了可能造成歧义，还可能造成语焉不详的问题。也因此，赖氏才会语重心长地指出，在标题中使用缩略语，应当“格外小心”。

此外，下笔稍微不慎，标题偶尔出现“罗索”的毛病，也应注意。兹举数例加以说明：

例二十四　只有少数组屋居民

仍旧在草地上烧冥纸

（《联合早报》，1999年8月14日）

前一句既然已交代了有人仍不听劝，依然故我，自然是“仍旧”为之，那下一句的“仍旧”便显得叠床架屋。

例二十五　精于泳术男童

7　同上，页48。

沉入泳池溺毙

（《联合早报》，1999年11月9日）

既说是“溺毙”，自然是溺水而死。上例刻意强调是“沉入池底”而溺毙，反而让人觉得多此一举。若换成“精于泳术男童溺毙”，除了符合标题宜精简的原则，也可节省版位。

例二十六　假聘“高级行政员”

真骗8女子15万元

（《联合早报》，1997年10月25日）

这则新闻的“真骗”疑是为了配搭上一句中的“假”聘，这才出现。按常理推测，已“骗”了十五万元，难道还有作假？为了“对仗”，结果出现语义拖沓的毛病，顿时有因噎废食之感。

更多时候，或为了适应大众，新加坡的新闻标题用语也常讲求口语化。在行文用字上，新加坡新闻标题或出现方言词语，或是句式上，出现十分口语化的现象，都极为有趣。且看以下的例子及其分析：

例二十七　自己摆乌龙猛踩油门

“死火”罗厘发威

撞坏组屋一石柱

（《联合早报》，1990年6月26日）

例二十八　外国人看到路霸摇头

亚洲司机最糟

驾车乱乱来

（《新明日报》，2000年2月14日）

上述例证清楚可见，有的标题利用方言以制造口语色彩，有的则在行文方面，采用较为轻松的语气，表达也更趋于口语，两者皆制造活泼、轻松的色彩。如例二十七的“死火”，便是方言词语，意指抛锚。例二十八中的“驾车乱乱来”，十分口语，用来不但逗趣十分，也让人感到亲切。话虽如此，过于口语，以致不雅，还是应该注意。如较为严肃的新闻，便不宜作如此表达。

林万菁对标题口语化问题提出的看法，便非常值得重视：

> 口语化的一个重要目的是使表达生活化，使人感到更真切、更亲切。如果我们没有受版位大小宽窄太多的限制，那么，不妨尝试改变一下，使得标题更口语化……[8]

事实确实如此，口语化的文字除了让人感到亲切、易懂，也让人感到轻松。也因此，林万菁才会语重心长地指出：有的文体可以要求多一些口语，有的却不适合。[9]报馆编辑在标题的撰写心态，从以下所举例子，便可窥见一二：

8 林万菁：《与问题有关的口语化问题》，见林万菁：《语言文字论集》（新加坡：新加坡国立大学中文系汉学研究中心，1996年6月），页144。

9 同上，页146。

新明日报	联合晚报	联合早报
最大会教团体·号召明天发动（1998年5月25）	苏哈多下台内幕掀开（1998年5月25日）	另四部长与央行行长提出要求哈比比"暗示可能准备大选"（1998年5月25日）
苏哈多儿女有难 哈比比开始对家族亿万财富动手（1998年5月26日）	苏哈多王国面临瓦解（1998年5月26日）	吴总理祝贺哈比比出任总统（1998年5月26日）
苏哈多家族公司被大追税（1998年5月27日）	苏哈多中计下台（1998年5月26日）	哈比比建议：建设无种族主义的新印尼（1998年5月27日）

上引诸例，是取自一九九八年五月二十五日到五月二十七日，本地三家报纸对印尼大选的纷乱政局的报道。上述标题，不但简明易懂，无论是词语或句式的选择，都十分谨慎，力求公正，一脱活泼、逗趣的表达，显然是经一番细心斟酌。

从上述的探讨，可清楚看到新加坡新闻报章标题，在设计上，或巧思妙想，或步步为营，都旨在制造不同的语感效果。在用语上，或鲜明，或言简意赅，甚至是语气上，都显然是下了一番心力，匠心独运。虽偶有错失，或隐或显，但总体而言，还是有其独特的地方，值得褒扬与肯定。[10]

---

10 本文所用语料，取自1997年至2000年，新加坡三家华文的报章。

这一短文，乃修改自笔者在新加坡国立大学完成的硕士论文的中的一节。在此，不忘论文指导老师林万菁教授的孜孜教诲及悉心指导。一般而言，新闻标题应具备这四大特点：一、主题要鲜明；二、用语要言简意赅；三、语气庄谐并重；四、文字用语应具有美感。不过，标题用语偶尔也会出现偏差，因而引起关注。这些标题问

——本文收录于谭慧敏主编《汉语走向世界》
（新加坡：南大中华语言文化中心，2006年7月）

题的出现，有时是为了达臻引人注目的效果的失误，又或是一时的不慎所导致。本文就旨在从用语的角度，尝试为新加坡报章标题出现的一些问题，稍作梳理及分析。

当前新加坡华文报章新闻标题修辞手法论析[1]

一

对一般人而言，报章标题的功能似乎只是为读者提供新闻简讯，为忙碌的人们供作筛选新闻时的指标或依据。不过，深入细究，不难发现新闻标题的功能不应仅止于此。刘汉报、傅贵余在《时事新闻标题》对报章标题的特点，即作了如此简略，却又不失精当的分析。且看：

> 标题是报章的传神媒介。眼睛能传神，能动情，是心灵的窗户……标题是美化重心。标题制作成为版面美化的主要对象，正如人们在为自己化妆时功夫主要是花在描眉、画眼线、勾眼形上，美化版面的技术手段，重点放在标题上，依赖它将报纸装扮得漂漂亮亮。[2]

刘氏及傅氏所言甚是。一则好的标题，不但能突显新闻要点，还能吸引读者往下阅读，更能让人引发联想，甚至是感人至深。要达臻

1　本文所研究的报章标题，语料来自1997年到2000年本地的三份报章：《联合早报》、《联合晚报》、《新民日报》。

2　刘汉报、傅贵余：《时事新闻标题》（北京市：新华出版社，1997年），页1-3。

上述效果，便有赖标题用语的精妙表达。也因此，从标题的修辞这一方面加以细析，自然能看出标题用语的特点及其效果。本文正是以新加坡华文报章标题为语料，从其修辞这一方面加以申论其中用语的特点和精巧的地方。[3]

二

（一）仿词

标题给人的印象往往是严肃十分，不过，在比较了新加坡的一些国际及本地的新闻，不难发现，有些用语，时而幽默，时而生动，除了让人眼前一亮，还引人细阅，让人深刻印象。如仿拟的使用，便多具这类效果，值得重视。

何谓仿拟？仿词指的是更换词语中的某个词语，临时仿造出新词语的一种修辞手法。这类手法的特点因不同以往，而起了新颖、醒目的效果。且看以下从新加坡报章撷取的例子：

例一　美法院判决导致科技股震荡
　　　微软微软　　升阳升扬

（《联合早报》，1999年11月9日）

“升阳”本是一家电脑公司的名字，在一次与“微软”打了场官

3　本文的分类，主要是根据黎运汉、张维耿《现代汉语修辞学》一书的分类法。文中的仿词、反语、谐音、飞白、转品是属于词语类的修辞手法；借代、比拟则属于描绘类的修辞手法；对偶、呼告、设问、排比、章回句、引用、夸张是句式类的修辞手法；对照、衬托，运用的是运用了比较类的修辞手法。

司后，股票不降反升，令人惊异。反倒是“微软”公司的股票，却出现“疲弱”的现象。“微软”是电脑软件业的“大哥大”，在与其他同行打官司后，更是声名大噪，股价不升反降，实在不可思议。编辑利用对偶的句式，利用“升阳”仿造出“升扬”，表现出“升阳”股票的高升，“微软微软”则采用拈连手法，其中蕴含的幽默色彩，显而易见，编辑的用心良苦，显而易见。

例二　各出奇招大赠送
油站油战“外援”助战

（《联合早报》，1999年11月13日）

“各出奇招”指的是本地各大公司的油站，在争取顾客时出现“八仙过海，各显神通”的现象，叫人瞩目。除了派赠品，英国石油公司还与新加坡汽车工会联合推出“三合一”会员卡，其对手蚬壳石油公司自然不甘示弱，转而与美国运通联合应战。各大油站这一回真正展开一场争取“顾客大战”，说是“油战”也无不可。“油站油战”，既有谐音，还带出鲜明十分的语意，叫人拍案。

另一类标题则是成语的仿造，因用例及其效果奇特，值得一提。且看：

例三　扒手党“声东窃西”
男子巴士上被偷近千元

（《联合早报》，1999年11月10日）

这类仿照后的成语，其中最大的特点便是让人一眼便能看出其“原形”。如上举的“声东窃西”，即是仿自“声东击西”。读者从原来的成语“声东击西”而联想到“声东窃西”这样有别于一般的干案手法，十分具有形象色彩。

例四　武吉班让轻轨通车

居民趁周末“先乘为快”

（《联合早报》，1999年11月7日）

从“先乘为快”这一仿拟词，人们对这种交通工具的新鲜感，显而易见。类似这样的仿造，不仅读来饶有趣味，除了能扼要地道出新闻重点，更让人有新奇感，修辞色彩十足。虽然这类仿造有其特殊效果，但一些无法让人做联想的成语仿造，用时不免让人有“哗众取宠”之嫌，可以避免。如以下所举例子，便有此问题。请看：

例五　科研领域

从长技议

（《联合早报》，1997年1月1日）

乍读之下，读者恐会认为这是“从长计议”的笔误，待细读新闻导语，这才发现“从长技议”实是“从长计议”的仿造，特指这次会议是由几个大国所做的一次科技技术交流会。“从长计议”变成了“从长技议”，旨在说明什么，就十分耐人寻味。

（二）双关

有时，标题用语制造悬疑色彩，确能引发引人入胜的特别效果，例如“双关”这一辞格的使用，用得好，往往让人读后，在深感突兀之余，接踵而来的，便是恍然大悟的惊奇效果。标题上的双关，除了字面意思，还往往因其隐含讯息，让人不期地引发联想，引人深思。以下兹举二例加以证明：

例一　养父管养子
“动口”不动手
被判监两周

（《联合早报》，1999年12月11日）

古语有云：“君子动口不动手”，强调人们争吵之际，应求平心静气解决事情，而不是动粗。这里说这名养父是因“动口”才会惹上官非，乍读时，颇费猜疑，待仔细阅读新闻内容才发现，这名养父还真的是因为“动口”咬伤养子，蓄意虐待养子。试想，有哪个成人会“动口”咬一名稚龄的孩子？也因此，该名养父的心胸和精神状态，由此可见一斑。他被警方提控，自是大快人心。这标题正是利用双关，暗示玄机。

例二　建筑师“妙手回春”
大巴窑又添新绿

（《联合早报》，1999年10月18日）

“妙手回春”本指医生的医术高明，这里却是借用来指在建筑师巧手布置下，大巴窑广种树木，不但增添绿意，美化市容，还提升该区的生活素质，一改以往缺乏绿色园林的枯燥环境，让人神清气爽。由此看来，“妙手回春”语带双关，既有字面含义，又另有所指，十分特别。似如此这么一则标题，能引人入胜，自不在话下。

（三）谐音

对于一些较不严肃的社会新闻，新加坡的新闻标题也常有利用谐音，刻意制造联想的例子。似这类有寓巧思的标题，修辞特色非凡。例如：

例一　情人节展爱情攻势
999朵玫瑰
爱情久久久

（《联合早报》，2000年2月12日）

为什么情人节偏要送999朵玫瑰？原因在于“9”和“长久”的“久”谐音。玫瑰是爱情的象征，用999之数，正象征爱情之长长久久，是好兆头，因此标题的下一句才会有爱情久久久这一句话，供作补充及说明。

（四）飞白

修辞学里的“飞白”，指的是写白字。有意写别字，有其特别的作用，不可当作一般错别字看待。报章在提供新闻讯息的同时，也力求表达精确无误。因而报章上出现“别字”例子并不多见。报馆编辑特意这么用时，是不是能起修辞色彩，实有待进一步的分析。且看：

例一　新山的“黑色星期五”
狮城食客却步
生意一落千丈
业主哀声叹气

（《联合早报》，1998年10月17日）

"哀声叹气"的"哀"字原本应是"唉"。若是借"哀"表示哀怨或惨厉，似有意借此以表现出生意的惨淡经营，遂生无奈的感叹。

例二　卫生部调查

心脏病爆发病例不断下降

（《联合早报》，1997年10月25日）

这里的"爆发"应是"暴发"。"爆发"原指火山爆发，或指战争爆发。前者是因为"爆"与火有关，后者除了取其声势之浩大，爆发力之惊人，也取其杀伤力之厉害。心脏病的"暴发"，虽没上述所提的两种用法所呈现的"惊人"效果，若不看成是一时笔误，便具有刻意追求夸张的特点。

例三　打断老父门牙

儿子敬茶陪罪

（《新明日报》，1997年8月24日）

取"陪"而舍"赔"，在语义上并没特出的地方。十分明显的，"陪罪"应是"赔罪"的笔误。

例四　香港百间中学

竟被视为名校

（《新明日报》，1997年12月21日）

"间"指房屋里最小的单位，如说"一间房"，一般上并不用来作为学校或房子的量词，除非是为了刻意显示该所学校的"小"。上述标题的“间”，疑是受到方言的影响，因此这里建议，不妨改为较为规范的用法，以“所”代“间”为佳。

（五）转品

“转品”指词性的转变，属临时变用。因别具一格，十分引人注目。一般多见于内容较属“软性”的新闻标题，而国际新闻或社会新闻这类较“硬性”的新闻标题，十分罕见。在本地的标题中，属于这类用法的词语，有以下这两类：（一）形容词转变为名词；（二）名词转变为形容词。

1 形容词变为名词

例一　团圆一桌的热闹

（《联合早报星期副刊》，1999年4月12日）

“热闹”是形容词，不是兼类的词语，一般上不能用来充当名词使用。这里的用法，无不引人注目，甚至是突兀启端，深具效果。

例二　把骄傲贴在脸上

国庆礼包首次送贴纸增添庆典气氛

（《联合早报》，1997年2月2日）

作为形容词使用的“骄傲”，在这则标题的“变用”，确实起了不同于一般的效果，让人忍不住多看两眼。究竟是怎么样的“骄傲”，还能贴在脸上，而这“骄傲”又与礼包的贴纸有什么特殊关系？细读新闻，这才发现，贴在脸上的是国旗贴纸，用以表现出自己对国家的敬意。

2　名词变形容词

例一　迎接鸡尾酒色彩的圣诞

（《联合早报星期副刊》，1996年11月17日）

鸡尾酒是调酒的总称，本为名词，这里的“鸡尾酒”加“色彩”的超常配搭，便是将名词变形容词的特殊手法，以刻画佳节的欢愉气氛。

例二　外表很北方 谈吐不简单

——自信又好强的女神枪手陶璐娜

（《联合早报》，1999年10月17日）

这则标题疑是为了取得对偶的效果，刻意变用“北方”，转名词为形容词。而“北方”的这一变用，便把陶璐娜高大、结实的北方姑娘的模样，生动点出，言简意赅，效果、生动兼具。

（六）借代

借代是指当人们在说明某种事物的时候，不直接称本名，只是利用与这事物有关的东西加以代称的一种修辞方法。因上下文的关系，这类手法可能呈现的效果有多种。兹举数例，加以说明：

例一　酒店驱邪

‘张天师’

入狱六年

（《新明日报》，1999年2月13日）

张天师？何许人也？看了新闻后才知道，原来这则标题的“张天师”指的是一名张姓神棍，表面是替人驱邪，实际上借此机会非礼女子。标题中的张天师便是以职业代称文中的神棍，叫人乍读时，因惊异而往下细读新闻内容。

例二　【梁细妹】宣布落幕当天
真的梁细妹去世了

（《联合早报》，1999年10月28日）

梁细妹曾是本地风靡一时的谐剧《女人四十》里的“女主人公”。梁细妹这角色是由男演员梁自强反串。因人物形象过于鲜明，一经提起，当时几乎无人不晓。也因此，这则标题才以“梁细妹”代称这出剧，让人一目了然。

例三　本地减肥风气盛　　瘦了还想再瘦
‘排骨仙’少女越来越多

（《新明日报》，1999年1月10日）

“排骨仙”是方言词语，新加坡人常用以指称身材瘦削者。这标题里的“排骨仙“，其实并无赞美之意，还含蓄地斥责这些努力想“瘦”，却罔顾身体健康的女子，是爱美不要命。这样的标题，既清楚点明内容，还带有语带双关的特点及色彩。

（七）比拟

比拟，把物拟作人，或是把人拟作物，在于能将静的变成动的，把抽象的变成具体的，把普通的变成亲近可感的，常使人有“始而惊异，继而从联想中会心会意”。[4]一些新闻标题，因内容易让人动情，因此往往选择用比拟手法表达，而这样的手法，比起一般稍嫌严肃的表达，更易引人注意。以下试举二例加以说明及分析：

例一　淌着血泪的东帝汶

（《联合早报》，1999年10月28日）

这则新闻的标题，编辑便是利用拟人手法，呈现感人效果，指出东帝汶为求民主独立，频频发生流血事件。因为手法特别，营造的感人色彩十足，引人注目，也感人至深。

例二　全球电脑病毒
“吃”掉129万

（《联合早报》，1999年6月20日）

电脑病毒不是生命体，只是一种危害正常程序的电脑程序，一旦侵入电脑，正常程序即遭破坏。那些依赖电脑的公司将面临的，不止是工作进展受延误，更会蒙受金钱损失。编辑以此生动的比拟手法表现出这些受害公司的惨状，既传神，又生动，值得赞许。

（八）对偶

一般而言，对偶是一对字数相等，结构相同或相似的语句，用以表达相对或相关的意思的修辞方式。[5]若从内容来看，对偶句又可分成

4　见彭玉兰、王立军著：《修辞应用通则》（沈阳市：春风文艺出版社，2000年1月），页250。

5　黎运汉、张维耿：《现代汉语修辞学》（香港：商务印书馆，1986年），页145-147。

以下三种：

（一）正对，即由两句意思相近的语句构成的对偶。

（二）逆对，即由两个意思相对的或相对的语句构成的对偶。

（三）串对，即由两个意思紧相串连的语句构成的对偶。串连的两句不是平行的，相互间构成连贯、递进、因果、条件等关系，顺接而下，有如行云流水。一般上，新加坡报章最常见的，正是这类标题。

在未深入说明本地报章标题的对偶特点之前，这里有必要指出，并非所有两个句子的标题都属于对偶句。有时，为了视觉上的美感，或为了排版上的需要，甚或可能是为了迁就篇幅，报章常有将单一标题一拆为二的现象。如以下这例子便是很好的证明。请看：

例一　我国年轻科技企业家
　　　建设世界最大网上城市

（《联合早报》，1999年6月21日）

把上述例中的两句标题连接起来，便是一个完整的句子。因此，在分析对偶句标题时，应懂得区别。

新闻标题中出现的对偶句并不是严式对偶，也不一定有押韵，更不一定要有对仗。简言之，新闻标题的对仗所追求的，多是文字排列整齐的美感。许多时候，编辑还常利用对偶的形式，特意浓缩语意，以制造精简的语感效果。请看以下的例子和分析：

1　正对句

正对是两句句义相似的排列。例子：

例一 扬帆起船
挑战风浪

（《联合早报星期副刊》，1997年6月3日）

这是正对的句子；两句的关系是平行的，意思也相近。“扬帆”指出这运动的特点和特质，是需要与海上的风浪搏斗。这样富有诗情画意的标题，多属较为“软性”的新闻报道。一般而言，内容属于“硬性”的新闻报道，虽也见过这类手法的使用，但更多时候，却只注重语意的通顺与否，并不刻意力求是否突显美感。例如：

例二 新电信年底推出新服务
一条电话线同时两用
接网际网络也通电话

（《联合早报》，1999年6月19日）

新电信在一九九九年年底推出的新服务是这则新闻标题的眉题。正题标示这项电话的功能和特点，力求读来顺畅、通达，并不求功。

2 逆对句

简言之，逆对指的是由两个意思相反的语句构成的对偶句式。如以下例证：

例一 小小工厂
大大的梦

（《联合早报星期天副刊》，1997年8月5日）

“小小”对“大大”，正是相对的形容词。这则报道南非格林波因制纸厂的两名创业年轻老板，工厂规模小，可身为工厂老板的这两名年轻人，却有远大的抱负。因标题的用语的与众不同，除了吸引人，还让人看到标题的背后所蕴含的“正能量”。

3 串对句

串对句由两个意思紧紧相连的语句所构成，如白居易的《赋得草原古送别》诗中的两句：野火烧不尽，春风吹又生，便是这类例子。前后句有因果关系，后一句常是前一句的补叙；两者互为配合，给读者提供完整的讯息。也因此，无论是事件发生经过，或事件的发展，形象既鲜明，又清楚。且看以下例证：

例一　布袋标签露行踪

无路可逃贼自首

（《联合早报》，1999年9月30日）

这例子的下一句是作为前一句的补充，有“因果”的关系，说明一起偷窃事件被人发现的前因及后果。读后，对于事件的发生及经过，一目了然，无庸赘言。如对事件的发生经过，想要有更进一步的了解，可详读新闻内容。以下兹举二例，略资补缀。请看：

例二　二周前坐德士竟不还钱

巧遇霸王客

司机当街捉

（《新明日报》，1999年3月30日）

这则新闻的眉题已清楚告诉读者这起事件的前后因缘。不过，正题却利用串对手法说明霸王乘客被捉的情况，饶富趣味。

例三　崇文小学五学生“脑力激荡”出点子
　　　椅脚粘上旧塑胶　可免教室噪音吵

（《联合早报》，1999年11月4日）

崇文小学生的发明是什么东西？正题便详尽道来。这一标题除了串对，还利用押韵，增强语感效果。如胶（jiao）与吵（chao）便押上韵，读来朗朗上口，十分特别。

（九）呼告

在文章里，故事人物忽然对天对地或对人发出惊叹：天呀！便是这类修辞格。一般而言，标题似不宜使用这类手法，因恐让人有夸大之嫌；不过，偶一为之，确实也能起惊人耳目，甚至是醒目的效果，值得考虑。比如以下这一例子：

例一　我要娶你！
　　　李连杰与利智
　　　月底举行婚礼

（《联合晚报》，1999年9月9日）

这是《联合晚报》的头版标题。标题用呼告为正标题，便十分引人注目，因有别于常见标题而显得特别。

（十）设问

在修辞学里的“设问”，不同的学者在定义上稍有差异。如黎运汉和张维耿在所编著的《现代汉语修辞学》，就特地把设问和反问分开来谈。据黎氏和张氏的说法，设问是不疑而问。易言之，反问便是有疑而问。黄庆萱则认为：设问“可能由于心中确有疑问”。因为有疑或无疑而问，实际上不易说清楚。也因此，黄庆萱在《修辞学》一书，索性把“反问”和“设问”一并讨论，并不予以细分。报章标题多属于问而不答的一类，除了标题用字有限，无法尽述，还有，便是为了突显新闻要点，增添标题的吸引力。以下兹举数例，加以说明：

例一　裕廊组屋
情侣浴血
情杀？

（《新明日报》，1999年12月26日）

上述标题做如此推测，多少是有所根据，而非凭空想象。由此可见，应该是有所根据，有所怀疑才会这么问。

例二　被裁怕什么？受训后创业！
华助会协助魏添成走出困境

（《联合早报》，1999年10月10日）

因是有疑而问，这标题的一问一答才会如此有力，掷地有声。在经济低迷，失业率不断攀升的时候，这两句话犹如强心针。从而可见，这类出现在报章中的设问句，不仅有力度，更有增强语势的效果。

（十一）排比

排比即是用一连串结构相似或相同的语句，表达相关内容的修辞手法。报章标题一般上因版位的限制，多用对偶。排比句式在标题出现的机会不多。排比出现时，效果显著，值得一探。请看：

例一　草书药单·草菅人命
　　　医生天书·药师配错药·病人命呜呼
　　　　　　　　　　　　　（《联合早报》，1999年10月3日）

病人为何会死？这排比句式，便让人清楚看到事实的真相。对于医生及护士草率的行为，不免愤愤不平，因为这简直是草菅人命。这则标题连编辑的评语都包括在里头。

例二　掌掴·逼跪·踢胸
　　　少年李光耀幸逃出日军魔掌
　　　　　　　　　　　　　（《联合早报》，2000年3月17日）

如上举例子及说明，排比句简洁、生动地把事件全盘托出，标题也十分鲜明、具体。少年李光耀在日军手下所吃过的苦头，即清楚呈现眼前。这类标题的用语，因不同于以往，醒目、精彩之极！

（十二）章回句

章回小说在分章分节上，都用类似骈体文的排列句，正像两两相对的对偶句。这类的句式修辞手法，在新加坡报章标题上虽属罕见，但因排列整齐，偶一为之，单在视觉上便十分受用。章回句因是四句对照，具有对仗效果，虽不求“硬”对，但在用字上还是颇为讲究，力求读来顺口。兹举三例为证：

例一　遭警截查醉　　汉飞车逃
　　　撞四警车闯　　死巷落网
（《联合早报》，1999年8月18日）

例二　去年婚姻“得失”统计
　　　喜结良缘　　六年来最低
　　　怨偶离异　　创十年最高
（《联合早报》，1999年9月17日）

例三　经济活跃　　市场好转
　　　就业者增　　被裁者少
　　　但“僧多粥少”局面已持续五季
（《联合早报》，1999年9月14日）

上述例不但可以看到时间的因果关系、事件的发展过程，或是数量增加，或是对形势的叙述，都显得形象鲜明，语言简洁，语意明快，虽说不上是本地报章标题的专利，却因新颖、特别，而值得一提。

（十三）引用

这是报章标题常用手法，摘录重要人士说的话，点出新闻主题。比如以下例证：

例一　雅国博士：
　　　乐龄人士安享晚年不能单靠政府努力
（《联合早报》，1999年6月21日）

这则新闻的大体内容，从上述标题便清楚可见。

这类用法的优点，乃在于所摘录的，恰是民众关心的所在，自然引起人们的关注。

（十四）夸张

这类新闻标题夸大的用法，都能让人看出是有意之作。如：

例一　禁止杀手进入学校食堂

（《联合早报》，1999年9月19日）

杀手要杀的谁？学校里究竟有谁为了什么大事而招惹了杀手前来寻仇？乍读时，这样的标题不免让人感到骇人听闻。细读新闻内容后才知道，原来这“杀手”指的是“肥腻的食物”。油腻的事物易导致肥胖，甚至引起许多疾病，说它是健康生命的杀手，实不为过。读后，不免叫人莞尔。且看以下另一例子：

例二　新联赛十一大军

再五天便大开杀戒

（《新明日报》，1998年4月6日）

这则标题极尽夸张之能事。但为了取得效果，体育版的新闻常有此惊人之举，刻意强调赛情的激烈。

例三　不见身份证

少女竟被追债

原来被人拿去向大耳窿借钱

（《新明日报》，1999年10月16日）

不见了身份证又怎么会和大耳窿扯上关系？读了副题，读者才恍然大悟。原来是有人拿少女遗失的身份证向大耳窿借钱。虽然这类修辞手法常能取得效果，但要用得好，却相当考功夫。对于这一点，彭兰玉、王立军在《修辞应用通则》里即如此言道："修辞讲究把理性、情感和美感等信息极大限度地注入载体，在文学艺术语体中，文学家，尤其是诗人往往把对美的追求作为第一位的目标和准则，'语不惊人死不休'，使艺术性标准更受重视，几乎与解释性、得体性同样重要。另一方面，在追求美质效果时，不能为美而美，不能因为追求美而损害了意义。"[6]彭氏和王氏所言甚是。新闻标题因用语稍微不慎，流于夸大，以致失真，不免削弱其向民众报道新闻实况的确切意义。也因此，赖兰香这才会语重心长地指出："标题有如人的衣冠，是读者掌握新闻内容的第一关，它的准确与否，足以影响读者理解事实的真相。"[7]赖氏所言，一言中的。且看以下例子：

例二　与雇主争吵被解雇
　　　挥锤毁幼儿园
　　　男子坐牢罚款

（《联合晚报》，1997年12月13日）

这则标题在初读时，颇叫人感到困惑，一把铁锤怎能毁得了一所幼儿园？细读新闻，这才知道原来该男子遭解雇后竟怀恨在心，砸坏学堂设备做为报复，而不是真把学堂"毁"了。以下所举的另一例子也让人觉得有过于"夸张"的问题。

6　同注（5），页32。
7　赖兰香《传媒中文写作》（香港：中华书局，1997年），页43。

例三　70年代艳星醉酒跌倒

撞爆脸部肌肉

邵音音惨毁容

（《联合晚报》，1999年2月22日）

物体因撞击而产生爆炸是可能的，但身体其他部位会因为撞击而撞爆吗？这则标题道出该女星因跌倒而“撞爆”了脸部，未免过于夸大、失真，既是如此，这则新闻的真实性，不免叫人怀疑。新闻标题除了勾勒新闻要点，另一作用便是力求吸引读者，引起人们的阅读兴趣。标题过于“夸大”固然能吸引人，却有失真之嫌，两者之间的关系微妙，应慎重处理，不应轻视。

（十五）对照

对照类的修辞手法在报章标题上较为少见，其特点是把两种不同的事物放在一起陈述，通过对比突出表现事物的特质、状态、特性。例如以下这例子：

例一　滋事者：气势汹汹

遭临检：气丧垂头

（《联合早报》，1999年6月20日）

将这两种不同心理状态的写照，排列一处，便可看出这两种心理所构成的奇特效果，更把滋事者受审前和受审后的两种心态和外貌，栩栩如生地描绘出来。

（十六）衬托

这是用有类似或有相反特征的客体事物互为陪衬，形成效果的修辞手法。例如我们说“万绿丛中一点红”，便具有这类修辞手法的特点。兹举两例加以说明：

例一　要把国旗插上世界最高峰

－我国一探险队明年出发征服珠穆朗玛峰

（《联合早报》，1997年7月6日）

正题中的“最高峰”，指的是印度的珠穆朗玛峰是世界最高峰。在“最高峰”的巅峰之上插上我国国旗，不但可以宣扬国威，还表现出小岛国民，却有比天高的决心与毅力。编辑便是利用此手法渲染我国探险队的雄心和壮志。

例二　加里罗丹种族仇杀越演越烈

斩血淋淋人头

游行示威众庆祝

（《新明日报》，1999年3月21日）

一九九九年的印尼局势，动荡不安，而加里罗丹这地区的种族仇杀问题更是严重。究竟有多严重，从标题的这两句便可清楚看到：人头被砍后，还血淋淋地让人提着上街游行示众。如此惨烈的画面，当地人民非但无一人表示哀悼，还一面游街一面庆祝。如此骇人听闻的事件，怎能不叫人叹息再三。这标题中两种画面的互为映衬，形成一幅血腥画面，怵目惊心，惊人心魄。

三

除了辞格的运用，报章标题在用语、用字和设计方面，也可看出着实下了一番心力。从以下所谈论的几种特点，便可一窥个中奥妙。

（一）巧用图形突显修辞特点

除了利用修辞格突现奇特、生动的效果之外，我们还常看到报章标题文字的加大、加粗或是缩小文字，或是加插了许多符号，都是力求突显标题的特点及效果的一种表现。如在行文标题中夹杂符号，便是为了掩饰某些真相，或为了增强效果。兹举两例加以说明：

例一　涉嫌谋杀鱼贩答辩

死者用粗话骂

回家X你的娘

（《联合晚报》，1999年11月9月）

为隐去涉嫌谋杀鱼贩吐出的污言秽语，特意用“X”你的娘的表现方式，便具有“言有尽，而意无穷”的特别效果。人物的粗俗形貌，也更为传神、立体。

又如以下另一例子：

例二　自小神经系统受损无法站立

母爱 + 理疗

男童能站了

（《联合晚报》，1999年12月3日）

“+”这符号的加插，胜过千言。新闻中的母亲形象，立时显得高大。因为图像或符号常能起不同于一般的效果，从曹石珠对其中特点的分析，便可见端倪：

> 作为一种特定的修辞学，形貌修辞学当然有它自己的独特研究对象。简而言之，形貌修辞学的研究对象，就是利用直接诉诸人的视觉感知的书面材料以增强言语效果的种种修辞现象，主要包括字形修辞、排列修辞、图符修辞和标点符号修辞。[8]

曹氏所言甚是。这类图符代文字的手法，在标题上除了做到“言简意赅”，还借助“形式多样”的方法，“使版面富于变化，丰富多彩，增加美感，清晰易读”[9]。

（二）巧用三字句突现简练生动的效果

三音节词的音节短，节奏快，富动感、富活力，读时琅琅上口，确实有其特点。且看以下例证：

例一　初二夜·一条路
　　　三车祸·三人伤

（《联合晚报》，2000年2月7日）

上述例子清楚可见，三字句制造奇特语感效果，简洁生动，读来快意十足。

8　曹石珠《形貌修辞学》（长沙市：湖南师范大学出版社，1996年），页6。

9　见同注（2），页44。

例二　股市泻·产业跌
　　　三大天王
　　　身家缩水

（《联合晚报》，1997年11月22日）

上引例子的特点是在以三字句组成眉题，制造效果，说明事件的前因。有时，“三字句”也在句子的断句时才出现，如以下这例子：

例三　空姐驾名车
　　　老公骗来的
　　　空姐将被控拥有赃物

（《联合晚报》，1999年9月9日）

上述标题的正题，应该这么读，空姐 / 驾名车，老公 / 骗来的，读时起伏有致，有韵致，琅琅上口，引人注意。

（三）巧将诗词名句镶嵌入文

黄煜等著的《并非吹毛求疵——香港中文报章的语言与报道问题评析》里提到：

> 中国语言文字具有悠久的历史和传统，堪称一座艺术宝库，如诗词名句、成语、格言等，不仅语言简短精简，含义深刻含蓄，而且数量浩如烟海，取之不尽，用之不竭。如能适当选用，制作标题，不仅能展现民族语言的风格，也可以收到言简

意赅的效果。[10]

黄氏等所言，明确清楚地指出这类用语的特点。即使是古诗词或名句的翻造，也多可收到上述提及的效果。兹举一例证明：

例一　马尼安生前破案无数
　　　神探书未出身先死

（《联合早报》，2000年3月17日）

“神探书未出身先死”，是脱胎自孔明的“前出师表”中的一句名句：“出师未捷身先死”。因为有文化的底蕴，这类仿拟的标题不仅言简意赅，更因能让人一眼看出其中含义，也自然更能理解马尼安的夙愿无法得偿，旁人惋惜和扼腕之情，自是历历在目。

除上述所论，或利用辞格，或利用符号，或借用诗词以引起特殊效果，在文字的推敲上，也可看出是下了一番苦心经营，值得一探。如新闻内容凡是涉及种族或是政治等敏感地带，标题一般上力求委婉。而一些社会新闻的标题，道德的判断或情感的流露，却偶可见及。此一特点，从下举二例便可见一斑：

例一　木匠杀死房客后
　　　母亲及弟弟
　　　竟协助抛尸

（《新明日报》，1999年10月16日）

10 黄煜、卢丹怀、俞旭《并非吹毛求疵——香港中文报章的语言与报道问题评析》（香港：三联书店，1998年1月），页205。

“竟”在这里用得十分巧妙，也是这则标题表露感情色彩的关键语。试比较以下两个例子，当可看出其中蕴含的情感色彩：

例句（1）他没交功课。
例句（2）他竟没交功课。

对比之下，我们可清楚看到，例句（1）只是一般的陈述句，不带任何情感色彩；例句（2）却带有不甚愉悦，或是不满的情绪。再看以下另一例子：

例二　怒责狮城郎干涉自由
上海妹变恶妻
偷汉竟喊无罪

（《联合晚报》，1999年2月21日）

上述标题，便因“竟”的使用而出现浓厚的批判色彩。不过，就如上例所揭示的，是一起家庭桃色事件。家务事本来便难以处理，谁是谁非，很多时候并不易说清楚。也因此，对这类颇有争议性的新闻，标题的用语还是宜多保持中立的态度，避免使用不必要的情感用语。赖兰香在《传媒中文写作》中对报章标题便有此要求：

报章报道要求客观公正，不作价值判断，不提出主观评论，尽量保持中立，标题撰作亦然，应该避免采用感情色彩浓烈和渲染煽情的语句。[11]

---

11 同注（8），页49。

赖氏所言，的确值得深思。一些标题为了吸引读者，用语过于煽情，的确是不当的做法。总的来说，新加坡华文报章的标题用语，修辞色彩十足，偶有瑕疵，多是一时失误，并不影响其整体给人的活泼、生动等印象。从用语上屡见精彩的佳句，编辑在标题设计时所花心力，由此可见一斑。[12]

——本文发表于新加坡《南大语言文化学报》二〇〇六年

12 本论文的部分材料源自笔者在新加坡国立大学完成的硕士论文《当前新加坡华文报章标题研究》。在此不忘感谢论文指导老师林师万菁教授的悉心教导和栽培。

文学研究丛书 0800006

文学语言论集

作　　者　陈家骏
责任编辑　杨家瑜
特约校稿　林秋芬

发 行 人　陈满铭
总 经 理　梁锦兴
总 编 辑　陈满铭
副总编辑　张晏瑞
编 辑 所　万卷楼图书股份有限公司
排　　版　林晓敏
印　　刷　维中科技有限公司
封面设计　菩萨蛮数位文化有限公司

发　　行　万卷楼图书股份有限公司
台北市罗斯福路二段 41 号 6 楼之 3
电话 (02)23216565
传真 (02)23218698
电邮 SERVICE@WANJUAN.COM.TW
香港经销　香港联合书刊物流有限公司
电话 (852)21502100
传真 (852)23560735

ISBN 978-986-478-147-8
2018 年 10 月初版一刷
定价：新台币 260 元

如何购买本书：
1. 划拨购书，请透过以下邮政划拨账号：
账号：15624015
户名：万卷楼图书股份有限公司
2. 转账购书，请透过以下账户
合作金库银行 古亭分行
户名：万卷楼图书股份有限公司
账号：0877717092596
3. 网络购书，请透过万卷楼网站
网址 WWW.WANJUAN.COM.TW
大量购书，请直接联系我们，将有专人为您服务。客服：(02)23216565 分机 610

如有缺页、破损或装订错误，请寄回更换

国家图书馆出版品预行编目资料

文学语言论集 / 陈家骏作. -- 初版. -- 台北市 : 万卷楼, 2018.10
面 ; 公分
简体字版
ISBN 978-986-478-147-8(平装)
1.中国文学 2.修辞学 3.文学评论 4.文集

820.7　107002488